品读两宋词

【中华文库青少年导读本】丛书编委会◎编

外文出版社
FOREIGN LANGUAGES PRESS

图书在版编目（CIP）数据

品读两宋词/丛书编委会编.
北京：外文出版社，2012
（中华文库青少年导读系列）
ISBN 978-7-119-07676-8
Ⅰ.①闲… Ⅱ.①丛… Ⅲ.①宋词－诗歌欣赏－青年读物②宋词－诗歌欣赏－少年读物 Ⅳ.①I207.23-49

中国版本图书馆CIP数据核字(2012)第076594号

责任编辑：曾惠杰　曹芸
装帧设计：刑毅
印刷监制：冯浩

品读两宋词

编著：丛书编委会

出版发行：外文出版社有限责任公司
地址：中国北京西城区百万庄大街24号　**邮政编码**：100037
网址：http://www.flp.com.cn　**电子邮箱**：flp@cipg.org.cn
电话：008610-68320579（总编室）　008610-68327750（版权部）
008610-68995852（发行部）　008610-68996177（编辑部）
印刷：北京市通州富达印刷厂
经销：新华书店 / 外文书店
开本：710mm×1000mm　1/16　**印张**：13.5　**字数**：120千字
版次：2012年 6月 第 1 版 第 1 次印刷
书号：ISBN 978-7-119-07676-8
定价：26.80

前 言

中国传统文化源远流长，博大精深，是古圣先贤仰观宇宙、俯察自然和社会的产物，它是无数圣贤智慧的结晶，是民族之根、思想之源。

作为国家未来的主人，广大青少年朋友理应继承祖国的传统文化，这不仅是青少年提高自身知识水平、增加道德修养的需要，也是我们未来走向世界的需要。

然而，由于传统文化著作多以文言文写作而成，文繁义深，青少年朋友往往浅尝辄止，难以阅读；再者，古代人的生活习惯与现在不同，时代背景和社会环境存在着巨大差异，这又成为青少年朋友理解传统文化著作的一大障碍；同时，受当今社会多元化思潮和多媒体的影响，不少青少年对国学经典知之甚少，甚至望而却步。

鉴于这一现状，为了满足广大青少年朋友的阅读需求，我们编撰了这套《中华文库青少年导读本》。它以中国传统文化为基础，以浅显易懂的语言阐释古代经典著作，是一部让青少年朋友快速了解和学习传统文化知识的纲领性丛书。这套书秉持着“精益求精，古为今用”的编录原则，从青少年朋友的阅读习惯和接受心理出发，选取了中国传统文化中最经典的作品，通过精确翻译、经典解读、精华编缩的方式编撰成书。其内容举重若轻、深入浅出；其形式图文并茂、轻松活泼；其语言通俗易懂、明白晓畅。

广大青少年朋友通过阅读本套丛书，能准确地了解我国传统文化概貌，同时把握住传统文化的精萃，从而有效地提高青少年朋友的国学文化素养和自身修养，达到开阔眼界和增长智慧的目的。

正所谓：

学传统文化增智慧

品国学经典厚修为

目 录

柳永词

晏几道词

张先词

苏轼词

秦观词

周邦彦词

李清照词

辛弃疾词

陆游词

姜夔词

柳永词

柳永小传

柳永（约987~约1053年）原名三变，字景庄，后改名永，字耆卿。因排行第七，人称“柳七”，祖籍河东（今山西永济）。柳永少时流连于汴京，于秦楼楚馆中恣情游宴。后曾西游成都、京兆，遍历荆湖、吴越。景祐元年（1034年）登进士第，历任睦州团练推官、馀杭令、定海晓峰盐场监官、泗州判官、太常博士，终官屯田员外郎，世称“柳屯田”。柳永为人放荡不羁，终生潦倒。所著《乐章集》凡一百五十余曲。其词自成一派，世称“屯田蹊径”、“柳氏家法”。柳词影响非常大，“凡有井水饮处，即能歌柳词”，对后世词家及金元戏曲、明清小说有重大影响。

浪淘沙慢

梦觉，透窗风一线，寒灯吹息。

那堪酒醒，又闻空阶，夜雨频滴。

嗟因循、久作天涯客。

负佳人、几许盟言，更忍把、从前欢会，陡顿翻成忧戚。

愁极，再三追思，洞房深处，几度饮散歌阑。

香暖鸳鸯被，岂暂时疏散，费伊心力。

殢雨尤云，有万般千种，相怜相惜。

恰到如今，天长漏永，无端自家疏隔。

知何时、却拥秦云态，愿低帏昵枕，轻轻细说与，江乡夜夜，数寒更思忆。

品词

主人公半夜酒醒，情思忧戚，想起从前与佳人相怜相惜的场景，加上窗外夜雨频滴，相思之情油然而生。情感缠绵于心难言，夜雨风中淋漓不休，两相呼应，更添凄凉，心中无限事，欲语还休，将自己这种心理状态及思想活动充分地表现出来。

从“梦觉”起，词人于半醉半醒之时，思绪飘渺，到夜风暗动吹灭了“寒灯”，到“夜雨”不断地滴落到“空阶”

上，这一切仿佛在证明时间的流逝。词人年华虚度，黯然神伤。“灯”字加了“寒”字，“阶”之上加了“空”字，触目凄凉，景物笼罩一层灰暗的色调。而“那堪”、“又”、“频”层层递进，对眼前之愁倍感厌烦，纷纷扰扰，挥之不去！为什么会落到这种境地呢？抚今追昔，“嗟因循，久作天涯客”。心事未说，叹息先闻，天涯倦客飘零久，孤独无依，不知佳人何处，且辜负万般柔情。昨日如梦，梦中温柔的心上人，如胶似漆的情感，和共度良宵的欢乐，在心畔停留；昨夜如梦，梦中的伊人轻启朱唇，将曲子低唱，香烟缭绕，心阑意洽；今日梦醒，梦里梦外，更觉是两个世界，但只剩得雨恨云愁，自己一人承受！

“忧戚”之余，追思往事，不仅对往日美好流连，那一种情愫，更是难得。昔日，宴席上相逢，花藤池塘边，几度欢会，但他们之间爱恋已久，相知相爱。曾经缠绵过，山盟海誓过，奈何天公不作美，世事无情，各种外力施压，从此不得不分离。美景美事成为虚设，残酷的现实让人无言以对。词人本想借醉酒自我麻痹，来忘却曾经的美好，无奈夜半酒醒，又不由自主地想起了曾经的美景，内心深处的忧戚在不经意间又加浓了几分。

孤寂就像爬山，越来越高。愈是想要回避的事，酒醒后往往更加难以忘怀。词人回想当初与佳人相欢相爱的一幕幕，再回看眼下“天长漏永”，失落之心、后悔之意自然流露出来。“无端自家疏隔”，是哀叹自己当初的选择？是对现实的无奈？是对辜负风花雪月的追悔？还是对现在的凄风苦雨的苦笑？愁到极点，不知道如何言说，也只能发出一声感叹了。昨日如风，难以追回，万般无奈，只好放眼未来，想象未来的场景，或许更能安抚此时的伤痛了。一幅春意盎然的画卷展现在了眼前：帏幕低垂，枕前亲昵，与心上人依依相对，轻轻地向她诉说着现在的愁苦情状，今日对她的思念，将自己所有的离愁别绪变成儿女欢乐。但是细心品味这首词，我们不难发现，主人公这种空虚的欢乐并不能完全掩盖现实的感受。“知何时”三字，暗示归期未定，前途难卜，对未来的畅想不过是一场白日梦，空虚无实。幻想的快乐总是将现实衬托得更加冷酷，情感也因此更加低迷，从而将词人的痛苦揭露无余。

词人夜半酒醒追思往事，对自己的心思和情绪进行了多角度、多方位，多层次、多姿态地描写，语气沉痛，情感深沉，立体感极强，让人感同身受。

昼夜乐

洞房记得初相遇，

便只合、长相聚。

何期小会幽欢，变作离情别绪。

况值阑珊春色暮，

对满目、乱花狂絮。

直恐好风光，尽随伊归去。

一场寂寞凭谁诉，

算前言，总轻负。

早知恁地难拚，悔不当时留住。

其奈风流端正外，更别有、系人心处。

一日不思量，也攒眉千度。

品词

春闺寂寂，无人问津，乱花飞絮，空惹愁绪，只好回忆往昔的欢聚，暂解相思意。从帘外走到窗前，庭院深深，围墙之内，锁住了女主人公，却锁不住春天，锁不住心上人的足迹。本词以长调的形式，铺叙的手法，将女主人公内心情感表现得曲折婉转、感人至深，使读者能够十分清晰地感受到她的所思、所想与所感。

一次短暂的幽欢，成为终生难忘的故事，从头到尾，思念只是女子一个人的事情。“洞房记得初相遇”，仿佛事情已经过去很多年，那回忆还未褪色。那时候的她天真而纯情，不明白欢乐如浮云，来去不由人，只知道两情相悦，“便只合、长相聚”。一个“初”，一个“便”，顺理成章之事，竟成为一厢情愿的情愫。昔日的幸福因遥远而愈加幸福。但分别后，多少离愁别绪，没有预期，便成为酽酽的“春愁”，铺天盖地而来。

此心正苦，此情正乱，奈何天公不作美。一个“况”带出多少无奈和愁绪。春天虽然美好，但只是瞬间芳华，顷刻西东。眼前的飞花乱如海，不正是象征好时光不在？那空中的游丝飞絮空濛濛，不正是表明心事已成空吗？天若有情天亦老，但天何曾老过？春天的归去，让人伤感，但更加让人害怕。“直恐好风光，尽随伊归去”。心爱之人，心爱之物，心爱的季节，难以重现。“恐”字不是害怕，胜似害怕，多少珍惜和脆弱，多少忧虑和无助，都在女子心中徘徊。“好风光”是指难觅踪迹的他，是指短暂而迷人的春天，还是自身的青春年华？这句话情景交融，令人叹为观止，但这其中渗透着多少思念，也透露着其多少的懊悔，又有谁知。

“一场寂寞凭谁诉”，许多愁凝聚在心里，千头万绪，无法向他人诉说。可是诉说有什么用呢？“算前言，

总轻负”，男儿的薄情出乎意料，何况还有自身的责任？这种“人去”后的寂寞境地，又怎么告诉旁人呢？“早知恁地难拼，悔不当时留住”中可以看出，爱在离别之时，她对他竟会如此难以割舍，也是一件意外的事情。他是可爱的，品貌也端正，远非一般浮滑轻薄之徒可比，实是难得的人物。但是这样的人“更别有、系人心处”，她知道她“难拼”，想留也留不住。于是用“一日不思量，也攒眉千度”直抒胸臆。即使可以“不思量”，也难以回避心中的感情，可以说“才下眉头，却上心头”，内心的无限悔恨和思念，难以言表。

婆罗门令

昨宵里，恁和衣睡。今宵里，又恁和衣睡。

小饮归来，初更过，醺醺醉。

中夜后，何事还惊起？

霜天冷，风细细；触疏窗、闪闪灯摇曳。

空床展转重追想，云雨梦、任攲枕难继。

寸心万绪，咫尺千里。

好景良天，彼此空有相怜意，未有相怜计。

品词

羁旅者中宵酒醒，倍感凄苦寂寞，先是回忆昨夜的情景，又看今朝情形，十分神伤。寥寥数语，道出自己生活细事，生活之单调、苦闷可见一斑。

恹恹无心，生活也粗疏不堪，连写两夜，却只是一样，索然无味，不停无意义地重复；说来这样的日子已非一日，但若夜夜和衣而眠，连自己也要自嘲了："过着这样的日子，到底是为了什么？"不想言说，不想谈及，只是酒醉醺醺，踉跄着回来，更声初响，迷迷蒙蒙中暂时消得愁滋味。一个字也不言愁，一个字也不怀思，纯是白描词人的行动，语言质朴而有风神。日子在混沌中过去，仿佛心甜意洽，也算得上安稳自在。

但是午夜过后，酒意渐醒，心中竟然害怕，不由自主地的坐起身来。前面的生活怎一个“醉”字了得，现在的感受偏一个“惊”字道尽！醉是表相，“惊”字却是触摸人的灵魂。

所有的力量用在发问，词人苦笑不已：是秋天的天气越来越冷？是这晚上的风越来越幽悄？是这样的风吹动窗纸的窸窣之声太琐碎，烛光因摇动而闪烁？是这样的夜晚似曾相识，让人心惊？没有直截了当的回答，这与前文中词人说自己的生活方式截然相反。他委婉地绕开问题的核心，却写出了自己的感受。“一切景语皆情语”，词人为夜色而惊，看似无理之处，却是情深之处。情之所钟，哪怕见到任何一点能与心上人联系的事物，都会触动词人的心情，更何况夜晚酒醒，那借酒意而压抑的迷惘和感伤，使得夜色更加低迷，心绪更加烦乱。

原该习惯的羁旅生活，为什么现在又如此的不适应了？词人在床上翻来覆去，往日的一幕幕重现，这种追想只能使得心肠酸痛，难以忍受。借醉酒刻意地回避，为什么没能产生应有的效果？是梦，是梦中的情景太过美好，使得这样的夜晚更加凄凉，自己更加孤独，是往昔的回忆让词人心惊！李煜有词：“梦里不知身是客，一晌贪欢。”梦是鸳鸯梦，故乡是温柔乡，醒来之后只剩的自己一人栖居旅舍，背灯对影。好梦难续，孤独继续，情何以堪？

“寸心万绪，咫尺千里”，相隔即天涯，何况是羁旅者思虑烦扰之际。距离的远和思念的近，心事的繁多和心灵的孤单，这种情感的负荷让人无法承受。

面对良辰美景，难免心情黯然，但这种刻骨铭心的痛苦并不仅仅折磨词人一个人，心上人何尝不是在这样的夜晚掩面而泣？由一己的相思而联想到她之相思，那种相思之情溢于言表，意蕴转得更加深入。“空有相怜意，未有相怜计”是写自己，也是在写饱受相思之苦的心上人。沉痛的语气中，纯然是一片体贴心思，情真意切，更加使人可感可叹，可哭可泣。

归朝欢

别岸扁舟三两只。

葭苇萧萧风淅淅。

沙汀宿雁破烟飞，溪桥残月和霜白。

渐渐分曙色，路遥山远多行役。

往来人、只轮双桨，尽是利名客。

一望乡关烟水隔。

转觉归心生羽翼。

愁云恨雨两牵萦，新春残腊相催逼。

岁华都瞬息。

浪萍风梗诚何益？

归去来，玉楼深处，有个人相忆。

品词

主人公冬日早行，一路之上风景凄迷，因思念家乡和无奈的漂泊触动了词人的凄凉情怀。

清晨之时，几叶扁舟刚刚离岸，冷风吹来，蒹葭和芦苇窸窣作响，耳中听来更觉得凄凉。水间洲渚之间，栖息着南来过冬的雁群，因早行之人送别的声音而惊起，冲破晓烟飞去，白霜泠泠，残月一勾，冷寒直透人心。这是眼前之景，也是心中之景，是耳中之声，也是心中之叹。离舟远去，词人正处离舟，这是他站在船上所见。

“渐渐分曙色”，时间正在缓慢地流逝，天色也随之改变，此时词人已经过一段路程了。心上的离愁因堆积而更加沉重，需要倾诉。“路遥山远多行役”由写景到写人、写实到抒情，过渡自然。想来此时天色已亮，路上行人也逐渐多了起来。眼前的“只轮”、“双桨”，不过也尽是不顾离愁别苦、只是追名逐利的人而已，这是羁旅生涯的感叹，也是自我的嘲弄。“尽是”二字，让人唏嘘不已，同时也饱含着对这种生活的厌倦。写他人，正是为了写自己。

“一望乡关烟水隔”，转入主观抒情，主人公因厌倦羁旅生活而思念故乡。故乡关河遥远，烟水迷茫，无法望见；既无法望见，又受思乡愁绪的煎熬，随即产生一种迫切的渴望心理，恨不能插上翅膀立刻飞回故乡。为什么如此着急？愁云恨雨两牵萦！儿女离情，丝缕般牵萦两地，用情深处，身边的任何事物都能牵愁惹恨。两地相思，一种情境。“新春残腊相催逼”时序过去，日月轮转，新春甫过，残腊又至，愁怀之中，不觉间岁月飞逝，而年华已经岌岌可危。“催逼”，包含两层含义，一是内心因离情而愁，二是年华因羁旅而逝。这两字运用拟人的手法，仿佛心中的愁思步步紧逼，词人心情焦虑难安。

“岁华都瞬息。浪萍风梗诚何益”。流光转瞬即逝，天涯浪迹，更增深沉沧桑的感慨。羁旅生活像浮萍和断梗一样飘荡无定，不知归宿，使得词人饱受思乡之苦，深感这种毫无结果的羁游是徒劳无益，“浪萍风梗”还说明词人漂泊之时经历了许多风雨，想起家乡的安逸和宁静，还不如归去。“归去来，玉楼深处，有个人相忆”。“归去来”简单三字，是词人深情的呼喊，能很容易让读者联想到屈原的《招魂》和陶渊明的《归去来兮辞》，这样不仅拓展了词的意境，而且赋予了故乡更加深沉的情感。词人所有的愁苦都源自内心的牵系，“有个人相忆”补足了“愁云恨雨”之意。不谈自己思念对方，而从心上人的角度，谈对自己的思念。这种牵绊是羁旅生涯中的一滴苦涩的甜蜜。无论身处何方，游子的心中“玉楼”里总有归宿。虽然没有直接描写心上人，但“玉楼深处”四个字暗含了多少情意啊！

柳永此生没有再返乡，其思乡之情才异常强烈，这在他的诗词中随处可见；他与心上人的相恋，成为心中的回忆，因时空的转换而更加美丽。

雨霖铃

寒蝉凄切。对长亭晚，骤雨初歇。
都门帐饮无绪。
留恋处、兰舟催发。
执手相看泪眼，竟无语凝噎。
念去去、千里烟波，暮霭沉沉楚天阔。
多情自古伤离别。更那堪、冷落清秋节！
今宵酒醒何处？
杨柳岸、晓风残月。
此去经年，应是良辰好景虚设。
便纵有、千种风情，更与何人说？

品词

柳永长期浪迹江湖，体尝过生活的种种苦境；又因常常不得不与所恋之人离别，故所作多为怨苦凄悲之词。词中，词人将他离开汴京与恋人依依惜别之时的真情表达得缠绵悱恻，凄婉动人。但也正是因为柳永长期浪迹江湖，对生活才有着独特的体验，因而他写与恋人的离别，不同于传统的送别词那种红楼深院、春花秋月的狭小境界，而表现出一种烟波浩荡、楚天开阔的气象。

“寒蝉凄切。对长亭晚，骤雨初歇”。可见此词描写的时间大约在农历七月，深秋时节的一个黄昏，阵雨刚停，一对恋人到长亭告别。寒蝉声声，仿佛是凄厉的秋风催出，骤雨刚停，天地一派清凉。一路相送，道不尽的牵挂和悲伤，然而长亭却是送别的终点。离别在即，悲哀和凄凉之感传遍全身。

“都门帐饮”，语出江淹《别赋》：“帐饮东都，送客金谷。”恋人在京都的城门外设帐置酒送别，然而面对美酒佳肴，主人公却饮食无味，毫无兴致。一边是留恋情浓，恋恋不舍；一边是兰舟催发，分手在即。两人握手告别，却只是默默相对，千言万语都在心中，却因过度悲伤，气结声阻，竟没有一字可以说出。

“念去去、千里烟波，暮霭沉沉楚天阔”就是主人公凝噎在喉的内心独白。词人一想到别后又要一程又一程地远行，就要面对的是千里烟波浩淼，楚天辽阔。没有心上人的温柔，没有故乡的亲切，面对的是陌生的环境，茫茫渺渺的未来。想到此处，思绪更加悲观，心情更加凄恻。“念”字后“去去”二字连用，则显示出激越的声情，读时一字一顿，给人一种去路茫茫的感觉。这不仅是行人的感受，也是送行者的心语。分别以后，前面便是楚天辽阔，烟波无际，行人很快就要消失在烟笼雾罩、广漠空旷的尽处了。想到此处，送行者该是伤心欲绝，越发难以割舍了！

词人以今日离别之伤痛，发千古离人之感慨，令人唏嘘

不已。“多情自古伤离别”，俯仰古今，多少有情人在难言的凄哀中分手，古人的痛苦正是词人的痛苦，词人的痛苦也将为后代人所体会。痛苦引人多思，词人由眼前之景，直悟到人类的普遍感情体验，非情到深处不能如此！“更那堪冷落清秋节”，正值心神惨痛无可言喻之时，萧瑟摇落的秋天偏不肯放过词人，离情更甚于常时。眼中成血，心内成灰，秋气满人间，多愁善感之人如何能够承受呢？

“今宵酒醒何处？杨柳岸、晓风残月”是说分别之后，胸中之痛，锐不可当，必须狂饮千杯酒，借醉避愁；但是愁苦如何能够躲避得了？半夜酒醒，但见萧瑟的晚风中，杨柳如烟，残月如钩，恍惚之间，不知身在何处，今夕何夕。行者使人将酒醒后的情景，同前面送别时的情景自然地联系起来。不写眼前情而写身后景，不直接写主人公酒醒之后如何寂寞孤凄，只是拈出在漂流的孤舟中所见所感的三种物象：岸边的杨柳，黎明时的冷风，空中的残月，不加修饰的景致描写，将心中那种凄哀悲苦的感情便充分地表现出来了。

于是生出“此去经年，应是良辰好景虚设”的感叹。词人愈想愈远，愈远愈悲。和心爱的人长期分离，再好的时光，再美的景色，也没有心思去欣赏了。离别时是千言万语说不出，离别后是千种风情无处说。眼前与将来相关，现实与推想的对比，将来恐怕也有说不清的情爱和凄苦难言的相思，以及漫长的孤寂难捱的岁月了。

词人与爱人送别，万般无奈、千般愁苦都在眼前与未来的转换中、悲伤与凄恻的情感中凸显。以秋景写离情，以具体、鲜明而又能触动离愁的自然风景画面来渲染主题，状难状之景，达难达之情，而出之以自然。词人把离情别绪的感受，通过具有画面性的境界描写表现出来，意与境构成一种诗意美的境界，令人读之落泪。

迷仙引

才过笄年，初绾云鬟，便学歌舞。

席上尊前，王孙随分相许。

算等闲、酬一笑，便千金慵觑。

常只恐、容易蕣华偷换，光阴虚度。

已受君恩顾，好与花为主。

万里丹霄，何妨携手同归去。

永弃却、烟花伴侣。

免教人见妾，朝云暮雨。

品词

女主人公是一位身处风尘而向往自由、心性高洁的歌妓，她厌倦风尘，渴望自由、追求爱情的心灵世界。词人以简洁直白的语言从成长的经历落笔，展现这位歌妓厌倦风尘生活的内心感想，表达了歌妓对美好未来的强烈愿望，写她对美好爱情和自由生活的追求。

她刚成年时，将头发梳起挽成云髻，便开始学习歌舞技艺。古代女子年满十五岁可将头发挽起梳髻，插上簪子，称为“及笄”，指到了可以结婚的年龄，标志成年。歌妓身隶娼籍，学习伎艺是为在歌筵舞席之上取悦于看客，为娼家牟利。歌妓在筵席之上为王孙公子们歌舞侑觞，由于她年轻貌美，技艺超群，很快就博得了王孙公子的称赞，甚至有人愿意花费千金博得美人一笑。但是她却并不在意，“慵觑”则是写女子懒于一顾的神态。可见，她不同于一般安于庸俗生活、贪得缠头的歌妓。词人于此表现了这位歌妓轻视钱财而追求人们尊重和理解的独特品质。

她于风尘之中保持着清醒的头脑，渴望能如正常女子一样拥有一个美满的人生归宿。风尘中的女子青春易逝，犹如“蕣华”的命运一样。“华”古通花，蕣华即木槿花。《诗·郑风·有女同车》中“颜如蕣华”，朱熹注：“蕣，木槿也，树如李，其华朝生暮落。”郭璞《游仙诗》：“蕣荣不终朝。”古人多用蕣华以喻女子年轻的容颜虽美艳动人却难以长久，如花朵朝开暮落一般。这位歌妓清楚地知道，她的青春容貌也将会像蕣华一样很快就凋零。“光阴虚度”的阴影常常使她感到困扰和担忧。她终于从赏识者中寻觅到

一位自己确定可以信任并依托终生的男子，便放低身段，恳求他救自己脱离火坑。他的赏识、同情和怜爱，在她看来已是对她极大的“恩顾”。做了歌妓的女子命薄如花，只得向可信任的男子寻求庇护，以期改变自己的命运。“万里丹霄”即广阔的晴空，那是天高任鸟飞、心身自在的地方。而今她有了可依赖的男子，便祈求“何妨携手同归去”，希望可以与他共同缔造正常美满的家庭。嫁做人妇，便是要永远抛弃过往的生活和那些昔日的“情人”，不过她还是希望以此来改变世俗对她的偏见，得到真正的幸福。所以，这位歌妓恳求、发誓，竭尽所能，力图向社会证明她并不是一个轻浮的女人。然而在当时的社会背景下，歌妓要想像寻常人一样过上幸福的家庭生活却是很难实现的。因此，词中女子对未来和爱情的美好愿望也很难实现。

这首词中词人似乎只是客观地如实道来，但字里行间却流露出对处于社会底层备受凌辱的歌妓的同情，希望她们可以如愿以偿地跳出火坑、重获自由。全词纯用白描手法，以歌妓的口吻娓娓道来，感情真挚动人。

晏几道词

晏几道小传

晏几道（约1030~约1106年）字叔原，号小山，临川（今属江西）人，晏殊第七子。曾任太常寺太祝。熙宁七年（1074年），因郑侠上书反对王安石变法事，受株连下狱。元丰五年（1082年），为颍昌府许田镇监官，“年未至乞身，退居京师赐第”（《碧鸡漫志》卷二）。晚年家境贫寒。有《小山词》一卷。在文学上与其父晏殊齐名，世称“二晏”。

蝶恋花

初捻霜纨生怅望。

隔叶莺声，似学秦娥唱。

午睡醒来慵一饷，双纹翠簟铺寒浪。

雨罢蘋风吹碧涨。

脉脉荷花，泪脸红相向。

斜贴绿云新月上，弯环正是愁眉样。

品词

闺中女子午睡醒后，搓转白团扇，闲愁无限，听到莺儿的声音也感觉是悲音。下午的时间缓慢地过去，她对着荷花流泪，蛾眉上浮动着些许愁思。

女主人公慵懒地在闺中闲眠，醒来后体会到的是空闺的寂静，她用手指轻轻搓转洁白的纨扇，脸上却怅然孤寂。为何这样呢？她也许是在思念远方久未见面的情人，也许是伤惋青春短暂易逝。“隔叶莺声”不解人情，声音如同年轻貌美女子的歌声，欢快而明丽，撩人心弦，但在女主人公听来却是倍加刺耳难受。女主人公午睡醒后，好一会儿身体还是娇困无力，那床上铺着的双纹翠席，犹如平展着的清凉细浪，心里因思念而冷寂，连身下的双纹翠簟都只能让人想起寒浪。

夏雨初霁，徐徐微风吹过新涨的碧水，泛起点点涟漪，那

水中犹带着晶莹雨珠的荷花，如少女般亭亭玉立，曳曳生姿。它含情脉脉，粉面带泪，有情有思。凝视良久，荷花已非物象，仿佛正同她的心魂融为一体。是花是人，难以分辨，因为此时女主人公也含情凝睇，心神暗伤，泪落如雨。

时间倏忽而逝，转眼已到新月初上的夜晚。新月慢慢地出现在浮云之上，而月下的女子愁眉轻蹙，双眉藏于乌发之下却像新月傍云而上。既借月夜之景，抒怀表情；又避开对景物形象的直白描写，而是以新月暗喻美人愁眉，通过景物的暗示性和象征性，用美眉和忧愁相对应，使情与境和谐交融，使愁苦的气氛更加浓重。

临江仙

梦后楼台高锁，酒醒帘幕低垂。

去年春恨却来时。

落花人独立，微雨燕双飞。

记得小蘋初见，两重心字罗衣。

琵琶弦上说相思。

当时明月在，曾照彩云归。

品词

词人怀念昔日恋人小蘋，言辞深情闲雅，词意含蓄忧伤，是小山词中的传诵之作。他先是从身边写起，描绘梦后酒醒、落花微雨、美人独立、春燕双飞的情景。对现实的不满，勾起了词人的回忆，遥想“初见”，犹记“当时”，昔日的恋情已经成为镜花水月，现在无人相伴，孤寂之情难以排遣，沉思往事，只觉得往事如烟、世事无常，未来难以捉摸。

词人醉梦醒来，见到四周的楼台早已高高锁起，眼前的帘幕重重低垂。昔时的朋友不再，欢饮畅游之处已成陈迹，亭台楼阁而今已人去楼空。深夜醒来，酒意消散，越来越清醒的他独自面对寂静的黑夜，孤独与空虚应景而生。企图借醉梦逃避现实是多么可笑啊！宿醉醒来寂寞和空虚更甚！推究“梦”一字，语意双关，既可能是词人真的做了一个美梦，梦到当年与朋友、情人一起快乐的情境，也可能是泛指词人对时光不复、人世无常的感慨。这两句词所表现的情景，不是一时灵感闪现就能写出的，而是词人在经历过许多之后，忧苦难耐，感慨无限，而后凝练成此二句，是词人内心世界空虚寂寞的反映。

文人骚客对春天的逝去往往会产生一种莫名的怅惘，春天到了，青春易逝，好景不常在。而“去年”二字，点明这“春恨”的由来。这句承上启下，这春残花谢时节，忧伤莫名的情思又涌上心头。在繁花落尽的庭院之中，孤独的词人久久站立；成双的燕子在霏霏春雨中轻快地飞去飞来。看看芳春过尽、情人不在、欢乐不复，伤逝之情油然而生。见“燕双飞”，触目伤怀，痴痴独立，倍感己身之孤单落寞，因而引起了绵长的“春恨”，以至梦后酒醒时回忆起来，仍惆怅不已。

歌女小蘋，是“莲、鸿、蘋、云”四位著名歌伎中的一位，与词人情谊深厚，后来流散，终不知花落何处。但是，词人对此难以忘怀，回忆初见小蘋时的情景。“记得”是重寻词人故“梦”之始，语气郑重，言之凿凿。词人能清晰地说出两人第一次见面时小蘋的服饰，其对小蘋之深情自不待言。当时她“两重心字罗衣，琵琶弦上说相思。”她穿着的薄罗衫子上面绣有双重的“心”字。“两重心字”实写之中，也暗示着两人一见钟情，继而心心相印。“琵琶弦上说相思”是说小蘋由于初见羞涩，爱慕之意无法开口倾诉，惟有借助琵琶以声传情，向词人表达心中的爱慕之情。弹者有情，闻者有意，旖旎风光无限。

“当时明月在，曾照彩云归”转写词人与小蘋分别后的情景。皎洁的月光下，飘然远去的小蘋如一朵轻灵的彩云。这里化实写为虚写，美则生幻，正是此理。此时小蘋已经脱出世俗，具有神仙一样的色彩，飘渺而梦幻。这与词人梦后酒醒的状态有关，也与他对小蘋的感情相关。李白《宫中行乐词》曾说：“只愁歌舞散，化作彩云飞。”这个典故不仅衬托出小蘋步履翩跹，体态优美，同时表达出词人今昔对比的忧愁。如今的明月，还是当时那轮明月，可是，时光飞逝，人世无常，如今的彩云又在哪里？亘古不变的明月反衬出人世的沧桑多变。

梦后酒醒之时，情思清晰而朦胧，感情甜蜜而凄苦，似梦似幻，半明半暗，措辞婉妙有味，用语清浅别致，含蓄凄美，缠绵悱恻的爱情和悲欢离合的身世之感结合在一起，并加以人世沧桑之感，感而多泪，是伤心之人的伤心之语啊！

生查子

金鞭美少年，去跃青骢马。
牵系玉楼人，绣被春寒夜。
消息未归来，寒食梨花谢。
无处说相思，背面秋千下。

品词

女主人公因为思念远行的丈夫，不禁回想起丈夫出游时的情形。春天一天天过去，女主人公寂寞而痛苦，无处可诉，只好痴痴坐在秋千上哭泣。

她丈夫少年俊美，扬鞭跃马，俊秀之中透出英武。女主人公住在玉楼里，每日每夜都会想起他的神态、动作和身影。他骑着青骢马渐行渐远的身影，不停地在她大脑里重现。就算在梦中，因相思之情都会流下眼泪。到了春寒之夜，她孤枕独眠，被更凉夜更寒。回想以前的少年欢乐、温柔甜蜜，身上心头都是一阵阵的冷。这样的夜晚，多需要他的陪伴啊！若是他回来，这样孤独寂寥的日子应该会过去了吧！寒食节过去了，梨花开了又谢了，远行的丈夫却始终没有音信。女主人公日日夜夜盼丈夫归来的愿望却总是落空，得到的总是失望和无限怅惘。

满腹相思，无处可说，女主人公只好在秋千架下背面痴痴地站着，浓浓的相思之情什么时候可以消解呢？昔日女主人公嬉戏玩乐之处，现在却是她相思成狂、独自哭泣之地。虽说相思无形，“无处说相思”，但相思却无处不在。李商隐诗及欧阳修词中“泪眼问花花不语，乱红飞过秋千去”与“无处说相思，背面秋千下”也有异曲同工之妙。

清平乐

留人不住，醉解兰舟去。

一棹碧涛春水路，过尽晓莺啼处。

渡头杨柳青青，枝枝叶叶离情。

此后锦书休寄，画楼云雨无凭。

品词

情人因挽留不住心上人，只能看他离去，而有情人只能站在岸上看“杨柳垂绿丝，枝叶诉离情”，因愁绪满怀，不禁心生怨恨。这首词生动传神地刻画出了薄情和有

情之人的形象，生动形象，颇有戏剧性。

有情的人千言万语，苦苦挽留，行者略无心思，毫无情感，“醉解兰舟”执意离开；离别之后，远行的男子“一棹碧涛”、晓莺轻啼，而送行的女子却独立津渡，满怀离情；一个意浅，一个情深，让人一目了然。女子亦是先含情脉脉，苦苦挽留，后“留”而“不住”，故恼怒顿生，然后方有怨思。“一棹碧涛春水路，过尽晓莺啼处”。春日的清晨，江上船行时遇到美好的春色，情人并没有为分别牵愁萦恨，而是心情愉悦，乘着醉意，正好欣赏美好的景色。他一路之上想来必定“春水碧绿如酒缓缓流，莺歌婉转枝头自在吟”，非常欢喜，送行的女子不由得恼恨加重。“渡头杨柳青青，枝枝叶叶离情”则遥应“留人不住”。心上人毫不留恋地离去，送行者独自站在渡口目送他的身影消失在春水之上，独留他面对渡头的青青杨柳，由眼前之柳联想到留人之“留”，再看今日这番景况，顿觉每一根柳丝都是离情，每一点青色都是苦涩，忧伤满怀，难以消解。在她眼中，春天的明丽失去了原先的颜色，化为心中凄清的离别，并把枝枝叶叶都赋予了离情。词句写景之中，却包含主人公两种不同的情感，且两者毫不冲突，浑然一体。

如此伤感，如此落寞，“多情却似总无情”，“情到深处情转薄”，她难免不心生怨恨。虽似负气怨恨，掷出决绝之话，狠心寄语，要对方“此后锦书休寄”，因他已经深深懂得了“画楼云雨无凭”。“休寄”、“无凭”的言外之意正是说明画楼欢爱难忘，自己对心上人的痴情，且痴中含怨，却难以割舍。周济《宋四家词选》评曰：“结语殊怨，然不忍割。”此乃深透之语。

菩萨蛮

哀筝一弄湘江曲，声声写尽湘波绿。
纤指十三弦，细将幽恨传。
当筵秋水慢，玉柱斜飞雁。
弹到断肠时，春山眉黛低。

品词

筵席之上弹筝是雅事，也是乐事。女子技艺高超，神态动人，琴声之中，却将女子内心深处的幽恨传达出来。清代著名词学家黄蓼园谓此词“末句意浓而韵远，妙能蕴藉”。

“哀筝一弄湘江曲”，筝音未起，愁思先至。筝称之为“哀筝”，才可以道尽心中的感受。“哀筝一弄”，用这弹奏一曲，抒发的感受也只能是悲哀的。弹些什么曲子？在这种心情之下，只有一曲“湘江曲”符合心中的悲情。遥想当初，舜死的消息传来，娥皇、女英失声痛哭，顿觉天地茫茫，再无留恋和难舍之处，故入湘水而死，二妃死后，相思不绝，才化为神。“写尽湘波绿”，原野青青，湘水清碧，昔日的情感化为沉碧，千古不变。绿色泠泠，心情郁郁，在场之人恐怕都得动容了罢！“写”指弹奏技艺高超，可以如文人的诗句般写尽风流，同时也说明女子动作行云流水，情感和技艺相呼应，琴音美不胜收。“纤指十三弦，细将幽恨传”手指纤细，也可以想象到弹筝女子演奏时惹人怜惜的情态，“弦”与“纤指”相映，更显楚楚动人。她的愁思是幽微难以言传的，只有借助优美的琴音才可以流露出来。琴弦细细，音声细腻，所表达的情思缠绵悱恻，听众感受到的不仅是同情和怜惜，更是感同身受的情思绵绵。

女子沉浸在往事之中，弹奏出如此多情的琴音，琴音的婉转和呜咽也勾出情思的缠绵无尽。当着宴席上的所有人，弹筝女不能直接表露出感情，她隐忍而端庄地坐在那里，清澈明净的眼波，慢慢地凝定下来，里面贯注着深情。她目光下垂，轻落在“玉柱”之上。筝上的一根根弦柱排列地像一排飞雁。古诗词中，沉鱼飞雁常指音信不通，飞雁自身也有离愁别恨之意，且著名的回雁峰就在湘江以南，因此从演奏“湘江曲”的筝联想到“飞雁”，更是愁上添愁。

“弹到断肠时，春山眉黛低。”琴音凄清，心绪寥落，内心情感郁结“五内”，必定要从外貌上显现出来。女子内心的情感难以抑制，像山一样弯弯隆起的双眉，渐渐低垂下来。这位女子，眼如“秋水”，眉若远山。古有诗文说卓文君“眉色如望远山”。远山眉，淡远怡人，从容沉静，但随着乐曲演奏到忧伤悲情的曲调时，随曲调的转变女子神情也变得敛眉垂目，凄婉动人，凄凉和悲哀的心绪自然而然流露出来。神情与乐曲巧妙地融为一体。

音乐的柔婉，内心的隐情，与表情的凄恻相互照应，相互生发，清丽隽永，耐人回味。生动传神地刻画出了一位技艺高超，神情哀艳的弹筝歌妓的形象。

玉楼春

东风又作无情计，艳粉娇红吹满地。
碧楼帘影不遮愁，还似去年今日意。
谁知错管春残事，到处登临曾费泪。
此时金盏直须深，看尽落花能几醉！

品词

暮春时节，东风无情，吹落繁花。词人想起自己去年也曾看花满眼泪，登临伤春伤别，但是如今流光暗换，面对落花，胸中仍是一把伤心泪，词人就算是饮酒，也难以躲闪这春天的无尽愁思。

东风无情，从不知道怜香惜玉，对此词人甚为怨恨，将东风吹落百花说成是东风有意布设的“无情计”，赋予东风以人的神态和情感。一个“又”字，道出东风无情，不止一次地将春送走，然则人有情，每一年面对粉艳满地，总是有说不出的怜惜，说不出的心痛。东风无情，落花更是娇嫩无比，惹人怜爱，“粉艳”、“红娇”，春花的色彩，美人的形态，如此美好，再遭受东风的摧残，落得个“吹满地”的凄惨结局后，更让人产生无尽的疼惜与无奈。况且，刚才还是满目繁华，一片姹紫嫣红的景象，现在却转瞬即逝，前后对比，怎不触目惊心！“吹”字暗接“东风”的“无情计”，那狂风乱作，飞沙走石的场景怎不可怖！风之恶，花之美，风之厉，花之柔两相对比，平常之人尚且难以忍受，何况词人这般多情善感之人！

“碧楼帘影不遮愁”词意深厚。眼见东风葬楚宫倾城，词人无力挽回春花的命运，无法面对春天的逝去，只好躲在小楼之中，垂下四围的帘幕，希望不要再看到此种景象。奈何楼台高远，帘影重重，却遮不住春残花谢触动的愁绪。通过词人垂下帘幕的动作，生动、传神地表现出了他的无奈惆怅之情。春残之景难以遮断，伤春之愁油然而生。“还似去年今日意”，紧承前一“又”字，语浅而情切。词人仿佛又回到花退红残的去年，原以为到了今年，词人因花失落的情绪会好转些，谁知今日又惹伤春意。花谢花飞之景年年如此，而词人惜春伤春之愁也并非今年才有，但是这种轮回之中，唯有词人的心不曾改变。

“谁知错管春残事，到处登临曾费泪。”词人自知多情，明明知道春去花谢实属自然规律，人力无法改变，过于怜花惜春，只能是徒增烦恼。当初不能通晓此理，每逢春去花谢都生悲春伤怀之愁。现在，也是多情善感，伤春之情难以自拔。曾经的行为和心态，实属感情浪费，看似怨悔，实是感伤。明知道这一切的发生不可避免，心情仍旧随之起伏不定。这次第，怎一个错字了得？

回顾往事，词人幡然醒悟，自解自慰。明白伤春惜花浪费眼泪无益，不如痛饮眼前美酒，趁繁花还在时恣意赏玩，看似语意旷达，实则心中沉痛较之惋惜更深一层。春残花谢，留春无计，只有在花落之后化入泥土、坠随流水之前，还可以尽力怜惜，然而这种景象也是转瞬间即逝，正是“无可奈花落去”！在“直须深”的呼唤中，蕴藏着词人留春无计、无奈惆怅的悲春之感。全词立意新颖，幽怨婉转，结尾处明朗豁然，情致动人。

张先词

张先小传

张先（990—1078年）字子野，乌程（今浙江湖州）人。天圣八年（1030年）进士。历任宿州掾、吴江知县、嘉禾（今浙江嘉兴）判官。皇祐二年（1050年），晏殊任永兴军（今陕西西安）知县，辟为通判。后以屯田员外郎的身份担任渝州知府，又担任虢州知府。因为曾经做过安陆知县，故人称张安陆。治平元年（1064年）以尚书都官郎中致仕，元丰元年卒，年八十九岁。

张先“能诗及乐府，至老不衰”（《石林诗话》卷下）。著有《张子野词》。其词内容大多反映士大夫的诗酒生活和男女之情，对都市社会生活也有所反映。最初以《行香子》词有“心中事，眼中泪，意中人”之句，被人称为“张三中”。后又自举平生所得意之三词：“云破月来花弄影”（《天仙子》）；“娇柔懒起，帘幕卷花影”（《归朝欢》）；“柔柳摇，坠轻絮无影”（《剪牡丹》），世称“张三影”。

相思令

蘋满溪，柳绕堤。
相送行人溪水西。
回时陇月低。
烟霏霏。
风凄凄。
重倚朱门听马嘶。
寒鸥相对飞。

品词

暮春，主人公在岸边送别。所见到的溪蘋、堤柳、低月、霏烟、凄风、寒鸥等景象，使得词人在离别的伤感之上，更添一种凄迷朦胧、凄冷孤寂。

词人要给人送行，一路行来，都是暗淡的景物。只见途中，溪水上满布浮萍，河堤两岸柳树依依，景色优美动人，且富南方特色。“蘋”和“柳”是春天的植物，同时也寓意游子和送行之人。游子长年客居在外，漂泊不定，身如浮萍；另外，两岸杨柳依依，深情厚谊，仿佛心有不舍。古人折柳送别，因柳与“留”音近，有挽留之意。写景之中，兼有写人的活动，写人不仅写送行者，也写行者，仅仅六个字蕴意丰富。

黯然销魂者，惟别而已。不愿意送别，一直走到“溪水西”。送行者与行人终将分离，不舍之情溢于言表。溪水之上，两个人的身影分别之后，送行者孤身归去。

山月低垂，天将拂晓。古人远行，多启程于黎明之前甚至夜半时分，暗示了送者与行者难舍难分，送别至天明。送君千里终须一别。“回时陇月低”，送行者独自一人归来，惟有山月相伴。月是团圆的象征，刚刚面对分别，见到月亮该是多么伤感啊！“陇月低”，因山月目睹送者低落伤感的样子，也不忍心。送行者此时见月不是一种喜，而是一种悲。

“烟霏霏，风凄凄”两句，纯为景语，但是一切景语皆情语。“霏霏”形容小雨，有一种朦胧的美感，而词人用来形容烟，为全词营造出了一种飘渺空灵的氛围。拂晓之后，山野之间，烟霭蒙蒙，寒风凄凄，送者的心情更添悲凉，读者也感到酸楚凄切。“霏霏”和“凄凄”叠词的使用，让人不觉想到李清照的“寻寻觅觅，冷冷清清，凄凄惨惨戚戚”。“霏霏”二字，也容易联想到诗经中的《采薇》，“昔我往矣，杨柳依依；今我来思，雨雪霏霏”，送别的千古之叹，读来凄楚自现。

“重倚朱门听马嘶”写送者已自归家，到家之后，发现自己成了孤零零的一个人，反起了相思之意，送行者转过身来，背靠朱门叹息，对着行人离去的方向思念，却只听到路上过往行人的马嘶声，再也不见相思之人的影子，只有声声马嘶紧揪着送行者的心，相思之情不可自抑。另外，此句还含蓄地点出送行者为女性，行人为男性，“倚朱门”者是怨女。

行者已去，送行者空无所见，只有“寒鸥相对飞”，天地间惟有飞来飞去的寒鸥与孤独的送者相对，静默之中将送行者因思念而生的凄楚悲凉之情染浓了。

路上所见、送行、回家之后，各处景物转换有致，情绪跌宕起伏，淡淡的景物描写中隐藏着深厚的情感，令人心痛，令人伤感。全词用平声，其音低抑，如诉如泣，句句押韵，韵脚极密，声情悱恻的凄调，与全词感情基调一致，相得益彰。

惜双双·溪桥寄意

城上层楼天边路，残照里、平芜绿树。

伤远更惜春暮，有人还在高高处。

断梦归云经日去，无计使、哀弦寄语。

相望恨不相遇，倚桥临水谁家住。

品词

登高望远，词人愁容满面，不仅是春暮伤春，更是由于与情人相望不得相见的愁思，难以抑制。

词人登高望远，“城上层楼天边路”，直言登临极高，眺望极远，甚至可以望见天边的道路。夕阳的余晖从地平线上映照而来，原野上的芳草绿树沐浴在余晖中。夕阳西下，词人仍旧在高楼上，从早到晚，词人一直在高楼上流连。“残照”，给词平添了一层哀伤的色彩。寥寥数语就勾勒出了一幅平芜残照的景象，强烈地暗示了词人悲凉的心境。蕴意十足的情景描写为抒情做足铺垫。

“伤远更惜春暮”的“远”，可以有两种理解：既可指空间上距离之遥，也可指时间上分离之久。柳永有词：“寸心万绪，咫尺天涯。”因空间和心灵上产生的距离，让人的情感倍感折磨。春天时光美好，但是转瞬即逝，古诗词中常被用来表现伤逝，何况现在正是春暮，春天即将逝去的时候。词人与情人久别不得团聚，而美好的春光将要逝去也无人共赏；词人在日落之际登高临远，触景伤怀，悲苦难抑。夜色愈浓，而词人心情愈加沉重，此情将随夜色渐浓而愈深重。

词人在高楼上徜徉很久，忧伤不得排解。如果不能相见，词人徘徊在高高的楼头上能望见远处也是安慰，如果回到家中，怕也是相思难耐，魂梦无据，倒不如在此处静待时光流逝，遥有托寄，因此久久不愿离去。

伤怀过后，知道“断梦归云经日去”。回忆往日与情人的欢爱场景，只觉前尘如梦，早已随时光远去；往日欢爱中的情人，也随风消散，如今也已不知去向，过去的恩爱更是不知能否还记得？似水流年，但词人对这段情事念念不忘。

尽管词人对往日的爱情无法忘怀，但却“无计”可施，只能将自己的一腔深情寄托在琴弦之上。古人常借琴抒怀，而一个“哀”字也奠定了词人弦音的感情基调。“相望恨不相遇”，点明原来情人就不远处，二人甚至可以相望，但是主人公不能去寻找她，只能将心事托付给琴弦，可知前面“远”，非指距离，特指人心。相望却不能相见，咫尺天涯路断，明知情人就在那“倚桥临水”，却不敢去。

旧情难忘，又无法重归于好。词人隐痛哀伤之情尽在言中，只能在高楼上暂遣愁绪。

醉垂鞭

双蝶绣罗裙，东池宴，初相见。

朱粉不深匀，闲花淡淡春。

细看诸处好，人人道，柳腰身。

昨日乱山昏，来时衣上云。

品词

酒宴之上，词人在酒宴上初见歌妓，觉得她清丽脱俗，温婉娴静，十分赞叹，便写了这首词送给她。

宴席之上，笑语喧喧，她身穿绣着双飞蝴蝶的罗裙，婷

婷袅袅地走了进来。她步态轻盈身影曼妙，罗裙飘飘，双蝶随之翩然欲飞。乍看之下，词人觉得她美妙动人。词人并没有一来就写这个歌妓眼睛如何，眉毛如何，而是从新的角度进行描写。相见之初，印象最深刻的是她的衣裙和姿态，从这一处便发现她与旁人不同。

“闲花淡淡春”描绘出她出现在词人面前时，略施朱粉，淡妆素雅，仿佛淡淡的春意中开放的一朵娇花，给人一种清新淡雅的感觉。古代上层社会的酒宴上，多数女子都化浓妆，一个淡妆的侍酒女子反而更引人注目，故此“闲花”虽只“淡淡春”，却有一枝独秀的风致。此时的她神情风度均异于其他侍酒女子。张先虽明显是受了张祜的启发，但“闲花淡淡春”一句，新颖而别致。唐人称美女为“春色”，如元稹称越州名妓刘采春为“鉴湖春色”。联想到此女的身份可知此处“春”字也是语意双关。

人人都夸赞此女细柳般的腰身，但经词人细细端详，发现此女真是无处不美。前者强调众人眼中的她腰身柔婉、曼妙，后者是强调词人眼中的她浑身谐和、优美。将此女子的描述由外貌美上升到了气质美。“细看”与上片的“初相见”相照应。因柳枝与美女之腰，同样婀娜多姿，故诗词中常常连类相比。

“昨日乱山昏，来时衣上云。”女子缥缈的意态难以描摹，词人的心里甚至因此产生疑问：你莫不是昨晚从巫山深处烟云缥缈间翩然而来？因为你来的时候，衣服浮动着轻盈的白云。词人由她罗衣上的花纹，联想到巫山上的云，但词人却未直接写云，而是先写乱山，而且写的是带些昏暗的乱山，步履飘摇的她走路之时，使人联想到一朵轻盈的白云，从昏暗的乱山中徐徐飘来，直欲布满空间。昨天远山的云朵与她的衣裳相映生辉。此女所穿衣物上的花纹不是部分图案，而是满幅云烟，很有可能是画。经过这种渲染，就仿佛此女衣上的云变成了真正的云，而这位身着云衣体态风流的美女的出现，像一位神女从天而降。气氛圣洁，仿佛回风舞雪，衬托出女子身上的那种与她身份迥异的神韵，令人神往。周济《宋四家词选》中，评之为“横绝”，就因为写到这里，全词戛然而止，收尾有力，留有余白。

歌妓步容翩跹，身姿摇曳，意态淡远脱俗，描写的境界亦真亦幻。“闲花”一枝，却有初春的清新淡雅，以一胜多。众人之眼，与词人之言，相距何止千里，但终为之赞美，可见此女子之美，无人非议。

江南柳

隋堤远，波急路尘轻。

今古柳桥多送别，见人分袂亦愁生。

何况自关情。

斜照后，新月上西城。

城上楼高重倚望，愿身能似月亭亭，千里伴君行。

品词

主人公在岸边送别友人，在这过程中，词人并未具体刻画与友人的送别之事，而是别出心裁，以明快质朴的语言、烘云托月的手法，借谈古今别情来衬托一己别情，不言愁苦而相思已深。

别路正在隋炀帝时开通的永济渠旁。这条河渠旁筑修着御道，道旁遍植柳树。这里是当时的交通枢纽，每日里车水马龙、行人来往。所以，这里每天都有许多船只随波东下，车马络绎不绝，每天都有很多的人在长堤上折柳送别，以寄深情。于是“隋堤”就成了送别场景的代名词。在这里，经常看到的是行者因长路漫漫及归期漫长而面带旅愁，而送行者依依不舍在岸上眺目远送的身影。

自古以来，“隋堤”上不断地上演一幕幕分离的情景，送别情事乃是寻常，平常别人的离别也会引起自己的伤感，古今的情感是一样的，只要谈到别离之情，自己并不能免俗。他人分别的痛苦，因自己与他人有一样的心思，也会受到感染。何况他人之愁，现在也是自身之愁。他人之情感染词人，词人在离别的过程中更能体会古今人之心。

主人公送别友人后，从日落到月出一直伫立在城楼上，愁思中仿佛忘记了时间。“倚望”之前，也曾倚楼相望过，然而现在在新月下重望又添愁绪。主人公抬头望见新月，想到刚刚分别的行者也沐浴在同一片月光中，心中不禁生起一个美好的向往：“愿身能似月亭亭，千里伴君行。”不言相思，却更胜谈到相思。只希望自身化身明月，千里与君相伴，不仅解去自己相思，更安慰了友人的孤单和寂寞。情深意长之处，此与李白“我寄愁心与明月，随风直到夜郎西”有异曲同工之妙。

一丛花令

伤高怀远几时穷？

无物似情浓。

离愁正引千丝乱，更东陌、飞絮濛濛。

嘶骑渐遥，征尘不断，何处认郎踪！

双鸳池沼水溶溶。

南北小桡通。

梯横画阁黄昏后，又还是、斜月帘栊。

沉恨细思，不如桃杏，犹解嫁东风。

品词

一位女子春日登楼，因心上人远去而独处深闺，相思和愁恨油然而生。她去庭院里散心，但见柳丝飞絮，落花春风，不禁痛苦不堪，对无情之桃杏，都心生艳羡，从中流露出对青春的珍惜、对幸福的向往、对无聊生活的抗议、对美好事物的追求。

“离愁正引千丝乱，更东陌、飞絮濛濛。”相思悲切的女主人公面对随风飘拂的柳丝飞絮，顿生起无限愁绪。但词人并不写是东陌之上纷乱的柳丝飞絮惹动胸中离思，而说是女主人公的离愁引动得柳丝纷乱。将柳丝飞絮赋予了人的

情感。“离愁”是“登高怀远”之愁，“千丝”是心中的千般思念。离愁如柳丝，如飞絮，不仅丝丝繁乱，更是漂泊无依，愁苦之情，漫天遍地，如濛濛的飞絮，迷惘而难以捉摸。足见女主人公离愁之深！

在这种情况之下，女主人公回忆起当年情事。记得当时分别，眼看着心上人骑马扬鞭逐渐远去，马嘶声早已消逝在尘土飞扬之中。现在登高远望，滚滚红尘，哪里还有心上人的踪影呢？只是站在高楼上、庭院中、小桥旁，回忆过去美好的时光和分别时的一幕。温馨缠绵的往事促使她一遍遍地望远，相思不可自拔。

宽宽的池塘中，碧波荡漾，鸳鸯成双成对地在池中戏水，南来北往的小船穿梭其中。看到鸳鸯，女主人公触景伤怀，心中苦涩难当，充满对往昔欢聚时爱情生活的怀想，因自己形单影只引出自怜孤寂之情。女主人公又看到水面轻盈荡过的小舟，心中苦乐参半，忆起往日莲塘相约、彼此往来的情事。往昔恩爱时的景物依然不变，只是当时一同游玩的人不在身边，因而心上人离去的伤感再次笼罩在她心间。

时间流逝，随着黄昏的来临，女主人公不得不将目光由远而近收拢，最后收归到她空荡的闺阁中。黄昏来临，整个楼阁被暮色所笼罩，楼阁的悬梯横斜出一片阴影，一弯斜月淡淡地映照着帘子和窗棂，朦胧寂静。女主人公在这种孤寂的环境里痴痴呆想。眼前这斜月照映楼阁帘栊的景象曾经在美好时光中出现过。如今景象依旧，却已经物是人非。自从情人离开后，她孑然孤处，不得不无数次独自领略这曾经满是诗情画意、而现在只余孤寂冷清的景象，更让心中增添了几分惆怅。

如此心情，难免生出自哀自怨之语。女主人公“沉恨细思”，痛定思痛，情何以堪。对受到摧残的爱情失望至极，不禁发出哀叹和控诉。零落的爱情使她相思成疾，愁苦难言，仔细想来还不如那些飘零的桃花、杏花，因为它们至少能够嫁给和煦的东风，有所结果，有所归宿，而她却无法掌握自己命运，只能在凄哀中无望地等待自己青春的凋谢。其中，“不如桃杏，犹解嫁东风”句化用李贺《南园》诗中“可怜日暮嫣香落，嫁与东风不用媒”，以桃杏喻人，以无情比有情，深合愁妇之心，这也使词人获得了“桃杏嫁东风郎中”的雅号。

天仙子

《水调》数声持酒听，午醉醒来愁未醒。

送春春去几时回？临晚镜，伤流景，往事后期空记省。

沙上并禽池上暝，云破月来花弄影。

重重帘幕密遮灯，风不定，人初静，明日落红应满径。

品词

张先52岁时，因性格孤傲，仕途失意，只做了个掌管文书的小吏。心中伤感，因惜春、伤春情绪的萌发，感叹年华易逝和孤独寂寞的处境。

张先心情郁郁，久久难以排解，本想借听美妙的歌、饮甘醇的酒来解愁，但是所听之歌恰为《水调歌》。酒意渐醒，而心中的忧愁却没有消失，更加强烈。《水调歌》是隋炀帝凿汴河时所制，其声韵悲切。可见，词人名为伤春悲春，实为伤己。

不知道“送春”离开之后，春天何时能够回来？晚上对着镜子细细查看，才发现青春渐逝，白发暗生，原来的约期明明记得，却已经是很久以前发生的事情，变得恍惚不分明了。一年之计在于春，对古人来说春天是最美好的季节；对人生来说，青春是人生最美好的时期。大好的春光，正在眼前流逝，而词人难以挽留。词人不仅对春天的过去感到惋惜，还蕴涵着对青春时期风流韵事的追忆和惋惜。

词人午醉之后，借酒消愁愁不解，又倦卧半晌，此时已近黄昏，词人揽镜自观，察觉流年暗中偷换，晚年悄然而至，心中十分伤感。词人反用杜牧诗句：“自悲临晓镜，谁与惜流年？”“晚”既指黄昏时候，天晚之晚，也隐指词人已然老去，晚年之晚。词人的感慨与暮春的景色交融在了一起，情感深沉而含蓄。往事如烟已成过往，竟还有余恨。多年之前的事情、甜美的记忆会引起人的无限怅惘之情，而哀怨的记忆则会使人一想起来便觉得更加沉重。往事的印象并未随着时光的流逝而被淡忘，不知不觉中都收入到了记忆当中去；再想起时得到的却不是慰藉，而只是增添了烦恼。另外，失去了机会或错过了机缘，带有一切成空的慨叹！黄昏时分揽镜自照，青丝已变白发，又怎能不生华年飞逝的怅惘之情呢？最终发出了往事不堪回首，万事皆去追忆或后悔都已无法改变。于是他把酒听歌也不能消愁，府中的宴会也不去参加了。一腔自怨自艾、自甘孤寂的心情写得格外惆怅动人，而表面上却又含而不露。

傍晚时分庭院池塘，词人在庭院中所见到的景色，“沙上并禽池上暝”。词人即景生情，画面富有空灵之美。词人因惜春恋春心情郁结，便不去参加府会，而是在暮色将临时到小园中闲步，借以排遣从午前一直滞留心头的愁闷。此时天色渐渐暗了下来，成双的水禽并眠在池边沙岸上，夜幕笼罩下一片静谧。月亮被云团遮住了，天色昏黑，词人无奈只得归去。恰这时，起风了，刹那间，云开月出，风吹花动。月光下花影婆娑，使得原本寂静的夜色忽然灵动起来，词人孤寂的情怀得到了暂时的慰藉。春之将去，残花尚且顾影自怜，对这美好的大自然充满了眷恋之情，更何况是人呢？这景象引发词人的思考。王国维《人间词话》评曰：“云破月来花弄影；着一‘弄’字而境界全出矣。”又杨慎《词品》云：“景物如画，画亦不能至此，绝倒绝倒！”“花弄影”，如美人起舞，开拓了美的境界，使全词为之生辉。

后又写因为“风”起春寒，才有鸟儿才紧紧依偎；因为“风”散浮云，月亮才得以重现；因为“风”起，春花才得月下弄影；因为“风”起，词人才担心“明日落红应满径”；更因为外面有风，词人进了屋就赶快拉上帘幕，又严密地遮住灯焰。垂帘挑灯，外面风紧而人渐渐安静。由于夜深人静，愈显得春夜的风势迅猛；再联系“不赴府会”的情由，“人初静”又可能是指府中的歌舞场面这时也散了。听到这风声，词人明白好景无常，刚才还月下弄影的姹紫嫣红，经过这场无情的春风，怕是要凋零了，怜花惜春之情，更转深一层。

词人对时光的嗟叹中，对春天的短暂体会更加深刻。看到云开月现，春花弄影，更明白春风迅猛，落花满地的场景不再遥远。伤春的惆怅，自嗟迟暮的愁绪，与赏春自得的窃喜，浑然一体，余韵不尽。

苏轼词

苏轼小传

苏轼（1037~1101年）字子瞻，号东坡居士，眉州眉山（今属四川）人，苏洵的儿子。嘉祐二年（1057年）与弟苏辙同登进士。授大理评事，签书凤翔府判官。熙宁二年（1069年），父丧守制期满还朝，为判官告院。因与王安石政见不合，反对推行新法，自请外任，出任杭州通判。迁知密州（今山东诸城），移知徐州。元丰二年（1079年），因“乌台诗案”，被贬为黄州（今湖北黄冈）团练副使。宋哲宗即位，高太后临朝，被复为朝奉郎知登州（今山东蓬莱），担任未满十日，除起居舍人，迁中书舍人，又迁翰林学士知制诰，担任礼部贡举。元祐四年（1089年）知杭州，后改知颍州，知扬州、定州。元祐八年（1093年）宋哲宗亲政，被远贬惠州（今广东惠阳），再贬儋州（今海南儋县）。宋徽宗即位，遇赦北归，建中靖国元年（1101年）卒于常州（今属江苏），年六十五，葬于汝州郏城县（今河南郏县）。宋高宗时期，赠太师，谥文忠。《宋史》、《东都事略》有传。

苏轼诗、词、文、书、画均卓然大家，著有《东坡全集》一百十五卷、《东坡乐府》三卷。他为“唐宋八大家”之一，词学上，为北宋词坛豪放派主要作家之一。

水调歌头·黄州快哉亭赠张偓佺

落日绣帘卷，亭下水连空。

知君为我新作，窗户湿青红。

长记平山堂上，欹枕江南烟雨，杳杳没孤鸿。

认得醉翁语："山色有无中。"

一千顷，都镜净，倒碧峰。

忽然浪起，掀舞一叶白头翁。

堪笑兰台公子，未解庄生天籁，刚道有雌雄。

一点浩然气，千里快哉风。

品词

苏轼被贬居黄州的第四年，与苏轼同谪居黄州的张偓佺为览观江景，在住所西南建造了一座亭子，苏轼为它取名为"快哉亭"。词人身在快哉亭里，欣赏周围壮丽景色，这与他胸怀的浩然之气相呼应，享受快哉风，感受洒脱情。

傍晚时分，词人登亭览景，只见夕阳映照亭台，绣帘高卷，极目眺望，但见水天相连，一片壮阔。旷远绮丽的景致中，满是苍茫。词人豪放笑云：快哉亭是好友特意为自己而造。

由眼前之景，他陡然想到另一处美好的所在，即是记忆中欧阳修任扬州太守时的平山堂。追想扬州平山堂的美好景色，就会想到“江南烟雨”、“杳杳没孤鸿”。萧萧的江南烟雨中，时有孤鸿出没；山色在烟云雾霭的笼罩中若隐若现。借用欧阳修《朝中措》中的“平山栏槛倚晴空，山色有无中”。欧阳修当年也是被贬扬州，相似的际遇让词人将“快哉亭”与“平山堂”融为一体，构成一种优美独特的意境。词人通过对昔日恩师所建平山堂的美好追忆，传达出对今日快哉亭前览胜的欣喜之情。

广阔的江面清碧，明净如镜，两岸青峰倒影入水，新鲜可爱，心情平和，景色如画。“忽然浪起，掀舞一叶白头翁”描写的是风浪乍起，江面倏动，涛澜汹涌间，一个渔翁驾着一叶小舟，在狂风巨浪中掀舞，令人叹为观止。此时，静境很美，动境很奇，动静之间，从而把长江的壮美渲染得淋漓尽致。奋力搏击风浪的白发老翁拥有着潇洒而刚毅的灵魂，这不正是苏轼自身人格风貌的一种象征吗？

“兰台公子”指的是战国时的宋玉；“天籁”指自然界中风吹而生的各种声响。宋玉为取悦楚王，硬将风分为“大王之雄风”和“庶人之雌风”是十分可笑的，白头翁搏击风浪的壮伟雄姿即是明证。庄子所言的天籁本身无贵贱之分，自然造化不受人间富贵权势的影响，关键在于人精神境界的高下。词人以“一点浩然气，千里快哉风”这一气势恢宏之语昭告世人：一个人只要具备了至大至刚的浩然正气，就能超凡脱俗，在任何境遇中，都能处之泰然，不论贵贱荣辱，都能尽享纵横千里的快哉风。这两句是词人内心强大的自然流露，表现了苏轼在逆境中仍保持浩然之气的坦荡人生态度。

苏轼站在快哉亭上欣赏秀丽雄壮、水天一色的自然风光，联想到江南的风景，追忆恩师欧阳修，讥笑宋玉未解庄周意，直抒胸臆。词中出没风浪的白头翁形象，含蓄地点明全篇主旨，要在逆境坦然生存的人生态度，在自我明志的同时又勉励友人张偓佺。

念奴娇·赤壁怀古

大江东去，浪淘尽、千古风流人物。
故垒西边，人道是、三国周郎赤壁。
乱石穿空，惊涛拍岸，卷起千堆雪。
江山如画，一时多少豪杰！
遥想公瑾当年，小乔初嫁了，雄姿英发。
羽扇纶巾，谈笑间、樯橹灰飞烟灭。
故国神游，多情应笑我、早生华发。
人间如梦，一尊还酹江月。

品词

宋神宗元丰五年七月，苏轼贬居黄州时游黄风城外的赤壁矶。面对乱石穿空、惊涛拍岸的壮阔景象，大江东去、江

山如画的雄浑境界，慨然思古代豪杰的英雄事迹，气魄宏大振聋发聩。该词是豪放词最杰出的代表，也是宋词中流传最广、影响最大的作品，被誉为“千古绝唱”。

滚滚长江，惊涛骇浪，气势非凡，水涌浪起之中，岁月悄然而逝，一代代的英雄豪杰在历史长河之中中流击水，做出惊天动地的大事，最后仍旧消失在时间的洪流中。大江汹涌奔腾不休，古往今来无数英雄人物的卓绝气概也难以磨灭。历史的变迁中，几多成败，几多荣辱，都在大江之上呼啸、回荡，令人怀想古之豪情逸气。现在所处之地即是传说中的古赤壁战场，人们说，这就是三国时期周瑜施展才能的天地。古战场，风烟弥漫，瞬间烟消水灭，而今词人所见的景象是，江边的山崖参差陡峭，高插云霄，风起水涌，巨浪拍岸，激起浪花白如雪，雄奇壮阔，心胸为之开阔，意气为之昂扬。古今对照，组成一幅历史风云的画卷，“赤壁之战”的图景徐徐地呈现于面前。词人感叹：“江山如画，一时多少豪杰！”大自然的雄伟神奇与历史人物的丰功伟绩相映生辉。赤壁四周壮丽的景色，惊心动魄的奇伟画面，为众多英雄人物的出场渲染气氛，锦绣山河必然哺育英雄人物，由此可以想见周瑜的非凡气概。

遥想当年周郎少年得志，统领三军，美人在怀，是何等的意气风发，踌躇满志。烽烟北来，若是失败，必定是生灵涂炭，将士引颈，美人受辱；周瑜虽为武将，却是羽扇纶巾，有文士风度，风神潇洒，从容以对。军国大事，举重若轻，若非胸有成竹、稳操胜券，不能做到如此淡然。谈笑之间，却敌百万。姿态之潇洒，才能之卓越，功业之伟大，旷古绝今。时代成就了周瑜，周瑜在年轻之时便成就千秋功业，而词人在称羡之余或有所感伤。据史料记载，周瑜娶小乔，是皖城战役胜利之时，其后十年他才指挥了著名的赤壁之战。这里写“初嫁”，是以美人烘托英雄，更显出周瑜的“雄姿英发”，令人艳羡；同时也使人联想到：赢得这次抗曹战争的胜利，乃是使东吴据有江东、鼎足而立的保证，否则难免会出现如杜牧《赤壁》诗中所写的“铜雀春深锁二乔”的后果。“羽扇纶巾”是三国以来儒将常有的打扮，周瑜如此装束，一是说明他作为指挥官文武全才，二是表现其临战时的潇洒从容。火攻水战，喧嚣不再，胜利在望，意气风发的古人也在历史的长河中消失了，一如昔日的战争“灰飞烟灭”。

词人回想古人功业，感慨万千，想到自身年华空逝，才能不得施展，壮志难酬的郁愤和感慨因此填满胸臆。感伤之余，自我嘲笑暂释怀，“多情应笑我，早生华发”，说到底，人生的一切愿望和抱负不过是一场虚梦，还是洒脱些，举杯遥祭江月，醉了罢。历史和现状的对比，理想和现实的冲突，使得词人也不禁感伤起来，引发对人生深深的思考。

词人面对大江风景和历史事件，心情时而激昂，时而感伤。江山之形胜，英雄之丰功伟业，怀古思今，雄浑苍凉，词人陷入对如画江山和深邃无比的历史沉思中，唤起读者对人生的无限感慨和思索。

水龙吟·次韵章质夫杨花词

似花还似非花，也无人惜从教坠。
抛家傍路，思量却是，无情有思。
萦损柔肠，困酣娇眼，欲开还闭。
梦随风万里，寻郎去处，又还被、莺呼起。
不恨此花飞尽，恨西园、落红难缀。
晓来雨过，遗踪何在？一池萍碎。
春色三分，二分尘土，一分流水。
细看来，不是杨花，点点是离人泪。

品词

依照别人词的原韵，作词答和，连次序也相同的叫“次韵”或“步韵”。章质夫作有咏杨花的《水龙吟》，苏轼的这一首是次韵之作。咏物之态与咏人之情水乳交融，浑然一体。伤春伤别之外，别有寄托。声韵谐婉，情调幽怨缠绵，很快超过了章质夫的原作，成为咏物词史上“压倒古今”的名作。

杨花即杨絮，没有其他鲜花艳丽的花瓣，馥郁的香味和明丽的色彩，看着杨絮像花，但又毕竟不是花。其貌不扬，无人怜爱，有的只是飘忽不定的际遇，不即不离的神态。杨花拥有与众不同的性质和际遇，便有了不同的命运。“也无人惜从教坠”杨花自顾自地飘落，无人牵挂，“无人惜”，人情莫不如此。天下惜花者虽多，却总不懂得杨花之性，不理解杨花之心。与杨花的际遇相似，看着杨花纷纷扬扬地落下，怎不让词人心生怜爱？

“抛家傍路，思量却是，无情有思。”杨花离枝坠落、飘零无依，貌似无情，实则有思。韩愈所谓“杨花榆荚无才思，惟解漫天作雪飞”大类此时情况。漂泊在外的杨花情在心里，不轻易吐露，更让人怜其“有思”之心肠，似杜甫所称“落絮游丝亦有情”。词人与漂泊无依的杨花心思相同，更加明白杨花的无情乃是无可奈何之意。

杨絮飘零，柳叶才展，但是柳树在春风里摇摇晃晃，好似弱不禁风的西子，那一种飘忽迷离、勾魂摄魄的神态，让人柔肠百转，思绪万千，仿佛思亲的少妇，满腹心事，情思默默，脸上幽愁微茫，因为春困未消，眼睛半开半闭，眼神散漫无依。不为人所爱，处在孤独和寂寞之中，杨花与柳叶之间的遭际一样。梦魂随着春风飘到千里之外寻觅，去那陌生的所在寻找那熟悉的身影，但是还没有找到，一阵叽叽喳喳的莺儿啼，便把人从梦中唤回，甜蜜未曾得到，又陷入更新更深的失落。“梦随风万里，寻郎去处，又还被莺呼起。”化用唐人金昌绪《春怨》诗意：“打起黄莺儿，莫教枝上啼。啼时惊妾梦，不得到辽西”，以情映物，以人状物，缠绵悱恻，生动真切。

杨花飞尽，并不值得怜惜，只是满园的落红，再也难以收拾起来，毕竟一春的好时光已经过去了。不为杨花的飘落是无情，无情正是因为多情，词人的伤春之情因此更浓。“晓来雨过”，词人怜惜杨花，特地找寻杨花的遗踪。“一池萍碎”是回答，也是词人不忍看到它凭空消逝的想象，如此伤感才能得到慰藉。苏轼自注为“杨花落水为浮萍，验之信然。”

“春色三分，二分尘土，一分流水”是说世间所有的春色都消逝了，两分随西园的落花委身泥土，一分随杨花的飘零入水而碎。思妇的泪水里，年华如流水，春光不再，游子飘如杨花，憔悴减春色。词人的一番惜花伤春之情，将春天的消逝写得极为别致，杨花的最终归宿和词人的满腔惜春之情融为一体，“惜”杨絮，进而“惜”春光，词人的情感袒露无遗。

“细看来，不是杨花，点点是离人泪”是由眼前的流水联想到思妇的泪水，又由思妇的点点泪珠，带出空中纷飞的杨花，词人惜春伤时之情，由此达到高潮。将无情的杨花与泪水联系在一起，可见词人之心。

满庭芳

蜗角虚名，蝇头微利，算来着甚干忙。
事皆前定，谁弱又谁强。
且趁闲身未老，尽放我、些子疏狂。
百年里，浑教是醉，三万六千场。
思量，能几许，忧愁风雨，一半相妨。
又何须，抵死说短论长。
幸对清风皓月，苔茵展、云幕高张。
江南好，千钟美酒，一曲《满庭芳》。

品词

苏轼谪贬黄州，经历了人生的重大挫折之后，开始蔑视世俗名利，追求飘逸旷达的内心世界，词中字里行间可见他宠辱皆忘、超然物外的人生态度，具有浓厚的哲理意味和强烈的抒情色彩。

“蜗角虚名，蝇头微利，”引自《庄子·则阳》，它说到在蜗之左角的触氏与右角的蛮氏，两族常为争地而战。世人庸庸碌碌，整日为追名逐利而奔波劳累，你争我夺。人生如梦，金银财富不过是梦幻泡影，功名利禄也不过是烟花一瞬，虚而不实，终成虚幻。细想来，为了一点虚名浮利整天蝇营狗苟，实在没有什么意义。由世人对功名利禄的执迷，词人联想到自己在政治党争中受到的伤害以及自己现在的处境，不禁感叹道：“事皆前定，谁弱又谁强”。名利胜负之事都是命中注定的，每个人都争来夺去，并没有实在的好处。一切其实都是命运决定的，要来终须来，要走终须走，无须过分介意。这样看来，人世间那些蝇营狗苟世俗观念和政治派系内部倾轧斗争，真有说不出的厌烦。失意后抗争不过的迷茫往往会转换为对天意命运的迷信。苏轼感到人世间名利场的角逐如同梦幻，因此想要得到真正的解脱。

“且趁闲身未老，尽放我、些子疏狂。百年里，浑教是醉，三万六千场”是写词人于官场之中，看得太多，听得太累，不想再在清醒中挣扎，试图倾心于醉酒疏狂，以沉醉替换痛苦的悲愤，放纵自身渴求摆脱尘世羁绊，笑看天下。后几句化用李白《襄阳歌》中“百年三万六千日，一日须倾三百杯。”中的句意，词人认为既然那些追求都没有意义，那还不如趁着清闲日未老时多多得些乐趣，百年之间日日沉醉，好得过浑噩的人生。

人生苦短，时光有限，而“忧愁风雨，一半相妨”，则是词人在饱经忧患后发出的对人生沧桑的深沉体悟。“又何须，抵死说短论长”，既然人生苦短，欢乐有限，那哪里还有心思说短论长呢？趁着自己拥有眼前这清风明月，青茵做席，罗幕高张，享受美好的良辰美景。风景如画，最能骋目娱情，词人由此暂时求得了内心的宁静。

“江南好，千钟美酒，一曲《满庭芳》”一句，词人情绪豁然开朗。江南风光明媚怡人，值得饮酒千杯，歌一曲《满庭芳》，享受逍遥自在的闲适之乐。对于世俗功名，词人不仅看得破，能摆脱，获得了精神上的解放。句句是感慨，时时有议论，性情为主，并带情韵而行，风景次第点缀，人生之乐事，故在富贵功名之外。

满江红·寄鄂州朱使君寿昌

江汉西来，高楼下、蒲萄深碧。
犹自带、岷峨雪浪，锦江春色。
君是南山遗爱守，我为剑外思归客。
对此间、风物岂无情，殷勤说。
《江表传》，君休读；狂处士，真堪惜。
空洲对鹦鹉，苇花萧瑟。
独笑书生争底事，曹公黄祖俱飘忽。
愿使君、还赋谪仙诗，追黄鹤。

品词

宋神宗元丰四年，词人贬居黄州期间写词寄给友人朱寿昌。朱寿昌当时任鄂州太守，对身处逆境的词人情谊深厚，

多有劝慰问候。词人深感其情，于是回以词作，告诉朱寿昌此地景色，同时针对历史阐发议论，直抒胸臆，因此词作笔力矫健，激情洋溢。

江汉，即长江、汉水。长江、汉水自西而东奔流直下，汇于武汉，著名的黄鹤楼便岿然屹立于武昌黄鹄山上，词人站在黄鹤楼上俯瞰着浩瀚的大江，但见大江奔腾浩荡，直指东海。气势高远，雄伟壮阔，是当地最有特色的胜景伟观。流经黄鹤楼前的长江，江水深绿，宛如重酿未滤的葡萄美酒，美不胜收。“蒲萄深碧”化用李白的诗句“遥看汉水鸭头绿，恰似葡萄初酦醅”，色泽亮丽，十分可人。“犹自带，岷峨雪浪，锦江春色”是说汉江从你的驻地和我的故乡流过来，它的美丽中带有峨眉白雪和锦江春光的美好，如同一幅优美的画卷。词人此处化用李白诗中“江带峨眉雪”和杜甫《登楼》诗中“锦江春色来天地”的句意，笔墨浓丽，引人入胜的同时透露了词人对家乡的无限追恋和热爱之情。

“君是南山遗爱守，我为剑外思归客”是说四川位于剑门山以南，苏轼家乡在四川眉山，十分思念家乡故自称“剑外思归客”。前句赞美朱寿昌为官勤勉，政绩卓著，朋友之情，溢于言表。

“对此间、风物岂无情，殷勤说。”因对这里的风景名胜因有家乡的感觉，故而引发了词人的思归之情，进一步延伸到古今议论。

“《江表传》，君休读；狂处士，真堪惜。”词人谆谆告诫友人闲暇之时千万不要读《江表传》。三国中的“狂处士”祢衡，胸中有才学而行为狂放，因不满曹操而当面辱骂，曹操顾忌他才名而未杀，故意把他遣送给荆州刺史刘表，刘表又把他转送到江夏太守黄祖手下，后为黄祖所杀，葬于汉阳西南沙洲上。因为祢衡撰写的《鹦鹉赋》极有声名，故后人称此洲为鹦鹉洲。昔时人已没，只有空荡荡的鹦鹉洲对着萧瑟的苇花，真是令人惋惜。文士何苦与这种权势小人争竞长短，以致招来祸灾，不过杀害文人的权势人物如曹操与黄祖之流，不管当时如何拥有赫赫威势，不也最后消亡成为一抔黄土。最后人间记住的只是文章盛事，无关功名利禄。蔑视权贵之中，流露出词人随缘自适的人生态度。

既然权贵威势俱为虚幻，那么词人希望友人超然于政治漩涡之外，寄意于文章事业，写出流传千古的诗篇来，赶上崔颢的《黄鹤楼》诗也就可以不朽了。相传李白登黄鹤楼，读到崔颢著名的《黄鹤楼》诗曾道：“眼前有景道不得，崔颢题诗在上头。”最终为之搁笔，无作而去。借用李白的故事，词人既是激励友人，又是自勉。官场不可为，功名利禄都是过眼云烟，只有文章具有可以千古流传的永恒价值。以文章作为终身事业，可以免祸患，排忧虑，养性情，成诗名，何乐而不为?

观看汉江风物，慨叹古今豪情。于风景中，思乡之情隐隐可见；词人叹息祢衡命运，劝友人把文章作为终身事业，暗藏愤懑。纵论古今中抒情言志，耐人寻味，让人感动。

定风波

三月七日沙湖道中遇雨。雨具先去，同行皆狼狈，余独不觉。已而遂晴，故作此。

莫听穿林打叶声，何妨吟啸且徐行。
竹杖芒鞋轻胜马，谁怕？
一蓑烟雨任平生。
料峭春风吹酒醒。微冷。山头斜照却相迎。
回首向来萧瑟处。归去。也无风雨也无晴。

品词

此词作于宋神宗元丰五年（1082年），是苏轼被贬黄州的第三个春天。本词运用轻松明快又略带幽默的笔触，描写了词人路途之中遇雨，旁人皆慌乱不堪，唯有词人泰然自得，浑然不惧，表现出了词人旷达超脱的胸襟和豪迈洒脱的人生态度。

狂风骤雨吹打在树叶上，声势惊人，同行之人皆狼狈不堪，而词人却在风雨中漫步且吟啸放歌。词人笑傲风雨的形象跃然纸上。

词人竹杖草鞋，迎风沐雨，从容前行，甚至自觉脚下轻快，十分迅捷，传达出词人蔑视风雨、笑傲人生的勇气。“一蓑烟雨任平生”，眼前迅猛的风雨不能使词人心惊，推及整个人生，面对诸种事情，也是一种淡然洒脱的态度。风雨再大再急，只靠一件蓑衣便足够了，还有什么多余的担心呢？人生几多坎坷起落，只要心情乐观心胸旷达，风雨再大也不过是风雨。词作中充满豪放之气，独到的人生感悟寄予其中，使人读之心胸为之舒阔，不觉一振。

半冷半暖的春风，将刚才的酒意吹醒，身上留下风雨淡淡的冷意，山光斜照，一道余晖匀过来，温情而亲切。转瞬风雨过去，重现晴空，微冷的风给人清爽，山头斜照却给人以温暖。古语有云：“守得云开见日出。”词人由此直悟人生。

“回首向来萧瑟处。归去。也无风雨也无晴”，这是词人思想境界的进一步升华，饱含人生哲理。刚才所遇风雨，草木萧瑟，行人惊恐，转瞬之间天地已换，无风无雨，一派安然。这不能不让词人联想到自己所遇的政治“风雨”和人生险途。“风雨”二字，一语双关，既指所遇的自然界的风雨，又暗指几乎致词人于死地、被贬黄州的遭遇。词人在大自然的微妙变化中顿悟：自然界的雨晴既属寻常，毫无差别。人生的沉浮得失也是一样的，没有什么好在意。人生态度由乐观旷达发展到超然物外的境地，近乎禅境。

词人被贬之后，身处人生低谷，通过偶遇风雨一事，心神泰然，不以物喜，不以己悲，从容旷达。本词除给人直面风雨的勇气外，更可贵的是词人在结尾悟得的超然旷达的人生哲学和处世态度。

秦观词

秦观小传

秦观（1049~1100年）字少游、太虚，号淮海居士，别号邗沟居士，高邮（今属江苏）人。少有才名，研习经史，喜读兵书。熙宁十年（1077年），往谒苏轼于徐州，次年作《黄楼赋》，苏轼以为“有屈、宋姿”。元丰八年进士及第，授定海主簿，调蔡州教授。元祐三年（1088年），应制科，进策论，除宣教郎、太学博士，校正秘书省书籍。六年（1091年），迁秘书省正字。预修《神宗实录》。时黄庭坚、晁补之、张耒亦京师，观与同游苏轼之门，人称“苏门四学士”。绍圣元年（1094年），坐元祐党籍，出为杭州通判，再贬监处州（今浙江丽水）酒税。三年（1096年）又因写佛书削秩徙郴州（今属湖南）。被贬第二年，编管横州（今广西横县）。元符元年（1098年）再贬雷州（今广东海康）。徽宗即位，复宣德郎，允北归，途中卒于藤州（今广西藤县），年五十二。《宋史》、《东都事略》有传。

秦观存《淮海集》四十卷，另有《淮海词》单刻本。其诗、词、文皆工，而以词著称。词属婉约派，内容多写男女情爱，颇多伤感之作。

浣溪沙

漠漠轻寒上小楼，晓阴无赖似穷秋。

淡烟流水画屏幽。

自在飞花轻似梦，无边丝雨细如愁。

宝帘闲挂小银钩。

品词

本词描写的是一个女子春日里生出的无端寂寞和淡淡哀愁，她百无聊赖地登楼，在屋子里静静地看雨，愁绪如烟雨缭绕在天地中间，也盘旋在女子的心中。全词意境闲静惆怅，轻浅别致，是秦观小令词中的压卷之作。

“漠漠轻寒上小楼”一句起调轻淡，仿佛女子的脚步声悄悄地怕惊起谁，淡淡的寒意弥漫无际，于轻淡中带有女子纤细敏感的心灵感受，淡淡的轻愁悠然而来。“漠漠”指弥漫无际的样子。李白《菩萨蛮》中：“平林漠漠烟如织，寒山一带伤心碧。”及韩愈《同水部张员外曲江春游寄白二十二舍人》诗中“漠漠轻阴晚自开，青天白日映楼台。”皆是此意。无边的春寒无声无息地侵入小楼，在楼内扩散蔓延，也逐渐地渗透到屋内女子的心中，她心中迷惘而忧伤，若有所失。正值暮春时节，从哪里来的寒意呢？清晨天色阴沉，如秋天般清寒，挥之不去，惹人厌烦。南朝鲍照《白歌》的“穷秋九月荷叶黄，北风驱雁天雨霜”是此意。春阴寒薄，女子身体瘦弱，心情低落，不能不感到抑郁凄冷，但是难以摆脱这种沉闷的氛围，故而心中生出厌恶。词中言景色“无赖”，正是人物心情无聊空虚的反映。“淡烟流水画屏幽”，则专写室内之景。女子怀着淡淡的春愁走进屋子里，坐在屏风对面，但见屏风上画着淡淡的烟雾和缓缓的流水，一片迷蒙清幽之景。这与外面的情景是多么相似啊！

女子在小楼中久坐，惟感清冷惆怅包裹着自己，难以忍受，因不堪寂寞，于是临窗远望，希望得到稍微的舒解。漫天飞舞的杨花轻柔飘渺，好似刚做过的春梦，茫茫无边的雨丝绵绵不尽就如此时的愁绪绵绵不绝。想要摆脱的愁绪，轻盈如落花，飘渺如春梦，莫名的心情直接摆在窗外，就像一幅画卷，或如刚才面对的屏风。琐琐碎碎在梦里缠缠绵绵，是情，是愁，也是梦魂之中的牵绊。难测其形，却就在身边。词人以细腻的笔触把不可捉摸的情绪描绘为清幽可感的艺术形象，亦景亦情而又柔婉曲折。今人沈祖棻《宋词赏析》分析这两句时，说：“它的奇，可以分两层说。第一，‘飞花’和‘梦’，‘丝雨’和‘愁’，本来不相类似，无从类比。但词人却发现了它们之间有‘轻’和‘细’这两个共同点，就将四种原来毫不相干的东西联成两组，构成了既恰当又新奇的比喻。第二，一般的比喻，都是以具体的事物去形容抽象的事物，或者说，以容易捉摸的事物去比喻难以捉摸的事物……但词人这里却反其道而行之。他不说梦似飞花，愁如丝雨，而说飞花似梦，丝雨如愁，也同样很新奇。”此两句用语奇绝，具有一种音乐美、诗意美和画境美，三种美结合具有很强的感染力。

春雨的轻柔，落花的轻盈，情绪的清愁，梦中的轻灵，结合在一起，以词人柔婉曲折的笔触，抒发了一种淡淡的哀愁。像笼罩着一层漠漠的雨气，女主人公的情绪，带着一种灰白色的哀愁。剪不断理还乱的闲愁从笔端缓缓流出，使人读词时心头不禁生起一种淡淡的忧伤。

水龙吟

小楼连苑横空，下窥绣毂雕鞍骤。
朱帘半卷，单衣初试，清明时候。
破暖轻风，弄晴微雨，欲无还有。
卖花声过尽，斜阳院落；红成阵，飞鸳甃。
玉珮丁东别后，怅佳期、参差难又。
名缰利锁，天还知道，和天也瘦。
花下重门，柳边深巷，不堪回首。
念多情、但有当时皓月，向人依旧。

品词

前来送别的女子和已然远行的男子，分别之后，两种离情别思，一样心肠。一个是闺中寂寥，落花风雨伤心，一个是外地漂泊，怅恨名利把人拘牢。不同角度，一样情怀。

“小楼连苑横空，下窥绣毂雕鞍骤”是写女子登上挨着院墙的小楼，向下看着心上人身骑骏马奔驰而去，满心都是无奈和伤感。此时，楼上佳人正身着春衣，透过卷起的朱帘，痴痴地凝望着远去情郎的背影。“破暖轻风，弄晴微雨，欲无还有”，表面上是写天气似晴未晴，雨似停未停，实际上则是借天气表达心情。心上人为了争取前程离开女子，女子的心情就如这天气一样阴晴不定，不知道该喜还是悲。

自从心上人走后，整日浑浑噩噩，有时候女子一个人竟在楼上一直待到到日落。街道里传来卖花人的叫卖声，清脆悦耳，充满着生活的诱惑力，引起人们对美好事物的追求，使人不禁想买一朵。女子也想去买一枝插在鬓边；可是转念一想纵有鲜花在鬓，娇艳动人，心上人不在，又戴给谁看呢？至此她已没了买花的心思，只能任由卖花的人离开，直到叫卖声渐远不闻。“过尽”二字用得极妙，从中读者可以想象女子出神谛听的神态和想买继而又不愿买的哀怨之情。更为巧妙的是，词人将声音的远去同时光的流逝结合在一起，体现出情人已远去，自己却依然不愿离开的绵绵不尽的情谊。

后写落红成阵，飞遍鸳甃，景象凄美浓丽，感情哀婉悲伤。花辞故枝，又象征着情郎离去，同时还象征着年华流逝，红颜憔悴，没什么比这更最叫人伤怀的了。女子不言愁而愁自在其中，蕴意含蓄，哀婉动人。

女子愁苦，男子别后也很痛苦。自从离别之后，环佩声不闻，时常为不能回家感到惆怅不已。《水龙吟》这首词，据说是秦观赠给一位名娄婉、字东玉的心爱歌妓的。因此，“玉佩丁东”既模仿玉佩碰撞出叮叮咚咚的声响，也暗藏“东玉”二字。男子刚刚与心爱的女子分别，马上又想到何时相聚，担心再见不易，可见人虽远去，而留恋之情犹在。

为了功名利禄，大好前程，而不得不离开心爱的女子，男子在思想上是矛盾的，也是痛苦的，因此发出“名缰利锁，天还知道，和天也瘦”的慨叹。若是天有和自己一样的心情，怕天也会变老吧！词人如此表达，别有情味。

“花下重门，柳边深巷，不堪回首”是写此时他虽已远去，途中仍不断回想分别时的场景，心里怎么能忍受下去。被迫分别已经万般难受，回想那个瞬间更是让人绝望。“念多情、但有当时皓月，向人依旧。”对月怀人，才知道月才是多情的，夜夜照人，从不曾分离。但离别之人对着明月，将越来越浓思念之情借明月表达出来，暂得安慰吧！

望海潮

梅英疏淡，冰澌溶泄，东风暗换年华。

金谷俊游，铜驼巷陌，新晴细履平沙。

长记误随车。

正絮翻蝶舞，芳思交加。

柳下桃蹊，乱分春色到人家。

西园夜饮鸣笳，有华灯碍月，飞盖妨花。

兰苑未空，行人渐老，重来是事堪嗟！

烟暝酒旗斜。

但倚楼极目，时见栖鸦。

无奈归心，暗随流水到天涯。

品词

词人被贬后重经洛阳之时，故地重游，回忆旧时游踪，抒发了感旧伤今的复杂情感。词中充满了词人痛感世事沧桑的抑郁情怀。洛阳当时是北宋的西京，也是当时最繁华的城市之一。词人曾经这里生活过一段时期，对此留下了许多美好而难忘的记忆。而此词并不仅仅是追怀过去的游乐生活，还是词人在政治上的失意之叹。

“梅英疏淡，冰澌溶泄，东风暗换年华”是写春光依旧而年华非昔。眼之所见，引起回忆。初春时节，梅花稀疏凋零，河水融化，东风和煦，春天已在不知不觉中悄然降临。“暗换年华”指眼前自然界时节的变化，又指时光转换间已是人事沧桑、政局几番变化。今昔之感，呼应结句思归之意。

“金谷俊游，铜驼巷陌，新晴细履平沙”是写当年畅游洛阳时的生活描写。“误随车”是“长记”的内容，“金谷俊游，铜驼巷陌，新晴细履平沙。”三句所描写的是金谷园中、铜驼路上的游赏，同样也是“长记”的内容。但由于格律的限制就把“长记”作为领起的字移后了。“金谷”使词人想起昔日欢游的情景，时值新晴，游赏名园，漫步在繁华的街道上，缓踏平沙，非常轻快，纯为忆旧。“长记”之事甚多，难以忘怀，而这首词写的只是两年前的一次春游。金谷园是西晋石崇的花园，位于洛阳西北。西晋都城洛阳，铜驼路是皇宫前的一条繁华的街道，以宫前立有铜驼而得名。古人都以金谷、铜驼代表洛阳的名胜古迹。本篇中，词人用西晋都城洛阳的金谷园和铜驼路，借指北宋都城汴京的金明池和琼林苑，而非实指。下文中的“西园”也非实指曹魏邺都（今河北临漳西）曹氏兄弟的游乐之地，而是借指金明池（因它位于汴京之西）。

词人细履平沙自然连带着想起当年旖旎难忘、回味无穷的“误随车”事件。“误随车”出自韩愈《游城南十六首》的《嘲少年》：“直把春偿酒，都将命乞花。只知闲信马，不觉误随车。”而李白的《陌上赠美人》“白马骄行踏落花，垂鞭直拂五云车。美人一笑搴珠箔，遥指红楼是妾家”以及张泌的《浣溪沙》“晚逐香车入凤城，东风斜揭绣帘轻，慢回娇眼笑盈盈。消息未通何计是？便须佯醉且随行，依稀闻道太狂生”都可作“误随车”的注释。尽管那次“误随车”只是无心之误，但少年浪漫却也引起了词人的无限遐思，被词人长久地保存在美好的记忆中。

“正絮翻蝶舞，芳思交加。柳下桃蹊，乱分春色到人家”是写柳絮处处漂浮，蝴蝶在空中翻转飞舞，人处在这种环境之中，春天的气息到处洋溢，自然“芳思交加”。春色随意分散到各家各户，到处都是万紫千红争相呈现的美好图景。

美好的景色过后是愉快的欢宴，白日美好，晚上也不逊色。西园此处指西池。曹植的《公宴》写道：“清夜游西园，飞盖相追随。明月澄清景，列宿正参差。”曹丕《与吴质书》云：“白日既匿，继以朗月。同乘并载，以游后园。舆轮徐动，参从无声；清风夜起，悲笳微吟。”又云：“从者鸣笳以启路，文学托乘于后车。”白天在外尽情游玩之后，晚间又到园中恣意饮酒、赏乐。灯烛辉煌，使得明月也黯淡了下来；园中人来车往，也不管车盖擦损了路旁的花枝。当时的洛阳月明花盛，灯火交映，车众并驰，十分繁盛。而今生活凄凉，无限寂寞。

在兰苑徘徊，悲慨昔日的建筑还在，当初一起游玩的人都已经老去。词人自身年岁见长，种种心事难以解决，物是人非，这样的事情真是值得感慨万千。词人在暮色苍茫中酒楼独立，天宇无尽，既无好友又无豪情。极目所至，亦无美好春景惟有栖鸦暂歇枝头，想到自己现在的境遇，亦如栖鸦，无枝可依。有心归去却无奈只得继续漂泊，凄凉悲切之情溢于言表。

全词将追忆往昔与感慨今朝进行对比，以昔衬今，抒发了词人凄凉悲切的感受，极富感染力。整首词典雅清丽，温婉平和而又意脉不断，十分出色。

千秋岁

水边沙外，城郭春寒退。

花影乱，莺声碎。

飘零疏酒盏，离别宽衣带。

人不见，碧云暮合空相对。

忆昔西池会，鹓鹭同飞盖。

携手处，今谁在？

日边清梦断，镜里朱颜改。

春去也，飞红万点愁如海。

品词

这首词是词人任处州（今浙江丽水）监酒税官时所作，此词以“春”贯穿全篇，从“今春”到“昔春”，由“盛春”到“暮春”，将昔盛今衰的感受与仕途受挫的个人命运融合为一，情感凄切，打动人心。

“水边沙外，城郭春寒退。”春寒已退，该是晚春时节了，处州城外有大溪，岸边多杨柳，柳树逐渐返青萌芽，词人将春天的踪迹看得清楚明白。春去春逝，引发文人多少咏叹，亦使得词人触景生情。“花影乱，莺声碎。”这两句词出自唐人杜荀鹤《春宫怨》诗“风暖鸟声碎，日高花影重”。花影摇

曳，落红如许；莺声相间，细碎不断。词人见到春花的繁盛鸟儿的欢快，心情本该愉悦，但这一幅热闹的春意图中，也传递出词人心绪的纷乱，感受的凄迷。

“飘零疏酒盏，离别宽衣带。”他乡逢春，因景生情，词人远谪处州，孑然一身，飘零之感常在。因此词人不复有“殢酒为花”之情兴，形容消瘦，衣带渐宽。“宽衣带”，出自《古诗十九首》“相去日以远，衣带日以缓”，哀婉深沉。明人沈际飞评曰：“两句是汉魏诗。”“人不见，碧云暮合空相对”从江淹《休上人怨别》诗“日暮碧云合，佳人殊未来”化出。词人遭贬远离亲友，与情人相期不遇，政治上的挫折与爱情上失意相交织。伤感之际，抬头一望，但见朵朵白云于日暮时分在天空汇聚。白云有汇聚的时候，词人却只能独自漂泊。是别情，也是政治失意的悲哀，朦胧暧昧，回味无穷。

眼前无物可慰寂寥，词人不禁地想起昔日西池的宴集：“忆昔西池会，鹓鹭同飞盖。携手处，今谁在？”阳春三月，与馆阁同人一起乘车，排成长队，驰骋汴京西城门外的大道上，西池宴饮，作诗词唱和，多么欢乐；然而现在，景物依旧，而好友不在，政局变换下风流云散，又是多么令人痛心！“西池”即金明池。《淮海集》卷九《西城宴集》诗注云：“元祐七年三月上巳，诏赐馆阁花酒，以中浣日游金明池、琼林苑，又会于国夫人园。会者二十有六人。”这次集会盛大而又愉快，是词人最得意的时光，给词人留下了一生难忘的回忆。昔日欢好对比今时孤寂，分外动人。“携手处，今谁在”，这是词人发自肺腑的情语，含蓄委婉，情意绵长。

“日边清梦断，镜里朱颜改。”“日边清梦”，出自李白《行路难》其一：“闲来垂钓碧溪上，忽复乘舟梦日边。”词人自从迁谪以来，他对当局者曾一度抱有幻想。梦想着可以回到京城，恢复昔日供职史馆的生活。可是现在他对朝廷已不再抱有幻想了，政治理想破灭，年华消逝，而自己漂泊无期，使得词人憔悴不堪。如果说前面追忆往昔是感伤，那么全词到此则是凄伤无际了。

“春去也，飞红万点愁如海。”春天从眼前逝去，乱花飞舞愁绪如海。词人自觉回天无力，发出年华逝去的悲叹。文人墨客常用落花飞红抒发悲愁，词人心境极度悲切，有惜春之意更有惜人之意，留春无望，人生更令人感到无奈和绝望。“飞红”句颇似从杜甫《曲江对酒》诗中“一片花飞减却春，风飘万点正愁人”化来。杜甫飘渺的春愁化作秦观笔下翻腾不止的愁思，更加深沉。词人思绪繁乱，愁思如海，难以化解。近人夏闰庵（孙桐）云：“此词以‘愁如海’一语生色，全体皆振，乃所谓警句也。”

春意将逝、落花飘零，词人触景伤情，追忆美好的往事。因政治理想破灭和离愁别绪产生的无以自解的愁苦和悲伤，使得全篇凄厉非常。词人的友人们读了以后，都很有感慨。其中苏轼、黄庭坚、孔平仲、李之仪四人均有次韵《千秋岁》的词作。苏词有“岛边天外，未老身先退”之句。黄庭坚在秦观死后，追和《千秋岁》词，更是凄婉，有“洒泪谁能会？醉卧藤阴盖，人已去，词空在……波涛万顷珠沉海”之语。李之仪的和韵，也有“叹息谁能会，犹记逢倾盖。情暂遣，心常在”等句。可以看出秦观此词传出后，友人震动之大，感触之深。

鹊桥仙

纤云弄巧，飞星传恨，银汉迢迢暗渡。

金风玉露一相逢，便胜却人间无数。

柔情似水，佳期如梦，忍顾鹊桥归路。

两情若是久长时，又岂在朝朝暮暮！

品词

《鹊桥仙》原是为咏牛郎、织女的爱情故事而创作的乐曲。本词的内容也正是咏此神话，借写天上双星，暗写人间情侣，词人借牛郎织女每年相会一次的神话，歌颂了坚贞不移的爱情。

纤薄的云彩，变化多端，呈现出迷人的形态，织女日复一日地织出精巧的云朵。银河两岸的牛郎星和织女星隔河

相望，彼此闪烁辉映，传递着他们的离愁别恨，在银河的微光中他们渡过天河，赶赴一年一度的相会。《古诗十九首》云：“河汉清且浅，相去复几许？盈盈一水间，脉脉不得语。”隔着盈盈的天河水，咫尺之近，似乎连对方的神情语态都宛然在目。秦观却写道：“银汉迢迢暗渡”，以“迢迢”二字形容银河的辽阔，牛郎织女相距遥远，相见十分艰难，距离使得感情变得深沉起来。“七夕”夜静谧凄美的意境，天上人间，引人遐思。

“金风玉露一相逢，便胜却人间无数”是写牛郎和织女虽然一年只能相见一次，但这美好的一刻，就抵得上人间千遍万遍相会。圣洁而永恒的爱情，不因相聚的短暂而褪色。李商隐《辛未七夕》诗曾说：“恐是仙家好别离，故教迢递作佳期。由来碧落银河畔，可要金风玉露时。”描写七夕相会的时节风光的同时，把这次珍贵的相会，映衬于金风玉露、冰清玉洁的背景之下，显示出这种爱情的超凡脱俗和弥足珍贵。

一年一度的相会充满了浓情蜜意，如美梦般令人陶醉。只是欢娱苦短，转瞬间又到了要和爱人分别的时刻，两人都是情思缱绻黯然神伤，实在不忍心看对方在鹊桥上渐行渐远的身影。就算心中千般难舍也得分离，将所有的心思寄托在下一年的相聚。隔河相望，脉脉含情的眼神道尽世间无限的惆怅。此两句语意婉转，意境缠绵，无限惜别之情中饱含辛酸。

本是依依惜别，情景伤感，但两人情比金坚，矢志不渝，道出了这样的誓言：“两情若是久长时，又岂在朝朝暮暮！”支撑两人千古不变的爱情的是一个信念，即：爱情要经得起长久分离的考验，只要彼此真诚相爱，即使常年天各一方，也比朝夕相伴的庸俗爱情可贵得多。

爱情并没有因距离而改变，而在逆境之中跃动着更耀眼的火花。在苍茫的银河中，牛郎和织女的心灵遥相呼应，坚贞不屈、矢志不渝的爱情更难能可贵，道出了“两情若是久长时，又岂在朝朝暮暮”的爱情真谛。这字字珠玑、落地若金石声的警策之语，正是这首词千古流传，历久而不衰的关键原因所在。

江城子

西城杨柳弄春柔，动离忧，泪难收。
犹记多情曾为系归舟。
碧野朱桥当日事，人不见，水空流。
韶华不为少年留，恨悠悠，几时休？
飞絮落花时候一登楼。
便做春江都是泪，流不尽，许多愁。

品词

春天是个怀人伤别的季节。闺中女子在春天来西城杨柳柔婉弄姿，引出对往事的回忆，产生眼前“人不见”的离愁，暮春伤别，眼看春天逝去，年华老去，美好的时光不再，更添几分愁情。

“西城杨柳弄春柔。”春来万象更新，西城的春天更加惹人怜爱。春风拂动下的柳枝柔美多姿，那种娇媚之态让人不禁想起曾经的温柔。柳色青青，记得曾经与人以柳枝作别，而这个春天的到来，他还没有回来，生怕春光短暂青春的易逝，面对此情此景，泪水夺眶而出，心中不胜其愁，怎不想起往事？无情之柳多么无情，不懂得人的感受，在春风里情思绵绵，便惹得人“动离忧，泪难收”。无可奈何的离别，夺眶而出的泪水，身不由己的悲情，和不尽的思念瞬间占据了心头。

那靠近水驿的长亭旁边的杨柳啊，还记得当年在这柳树下为归来的你系上船绳？于碧绿的田野中，朱红色的小桥上，两人携手同行的欢乐情景浮现在眼前。物是人非，可惜却再也找不到你的影子了，只有这里的水依旧流淌。抚今追昔，心痛难忍，哪怕是无情的人也要惆怅不已。

“韶华不为少年留，恨悠悠，几时休”是写当年少年风华正茂，多愁善感，只知道无缘无故的哀叹惆怅，不知浪费了多少时光。好时光悄悄流逝，并不曾为少年停留，过不久便是红颜老去、鬓发如霜。对青春的遗憾和离别的酸楚，恐怕将会永远存在在心里。

“飞絮落花时候一登楼。便做春江都是泪，流不尽，许多愁。”在这杨花似雪的暮春时节乍一登楼，排解忧愁的泪水就像滔滔不尽的一江春水，流淌不息。从岸边的杨柳开始，写出的泪流、水流、恨流最后汇合成一江春水，夹带着词人的感情，水到渠成地滚滚东去，自然流畅地达到情景交融，浑然一体。

从柳树“弄春柔”开始，女子的愁思便缠绕在春风里，虽是愁情满腹，却只是借景抒情引而不发。最后所有的情绪汇集在一起，清泪、流水和离恨融形成一股情感流，绵绵不尽，言不尽自身的离愁别恨。俞陛云《唐五代两宋词选释》道：结尾两句与李后主之“恰似一江春水向东流”、徐师川之“门外重重叠叠山，遮不断愁来路”，皆言愁之极致。

周邦彦词

周邦彦小传

周邦彦（1056~1121年）字美成，自号清真居士，钱塘（今浙江杭州）人。周邦彦早年“疏隽少检，不为州里推重，而博涉百家之书”。元丰初年，“游太学，有俊声”。神宗时擢为试太学正。元四年（1089年）出为庐州（今安徽合肥）教授。绍圣四年（1097年）还朝，任国子主簿。宋徽宗即位，改除校书郎，历考功员外郎，卫尉宗正少卿兼议礼局检讨。政和二年（1112年），出知隆德府（今山西长治）。六年（1118年），自明州（今浙江宁波）任入秘书监，进徽猷阁待制，提举大晟府。宣和二年（1120年）移知处州（今浙江丽水），值方腊起义，道梗不赴。未几罢官，提举南京鸿庆宫，辗转避居于钱塘、扬州、睦州（今浙江建德）。卒年六十六。《宋史》、《东都事略》与《咸淳临安志》均有传。

少年游

朝云漠漠散轻丝，楼阁淡春姿。
柳泣花啼，九街泥重，门外燕飞迟。
而今丽日明金屋，春色在桃枝。
不似当时，小楼冲雨，幽恨两人知。

品词

词人流寓荆州时，心有所感。他描述的是：一对恋人在不同环境下的心态。大雨之际，两个人冒着大雨和泥泞的道路来到小楼相会，时间一到就不得不忍痛分离。对于爱情的担心和忧虑如雨一般渗入述事，是周邦彦词作的一大特色。等到两个人终于在一起后，明丽的屋宇，鲜艳的桃花掩盖不住内心的失落。两种境界形成鲜明对照，进而重温第一个故事，产生无穷韵味。

朝云漠漠，细雨绵绵，虽然是春天，但景色仍是一片清冷。他们就这样在一个窄小的楼中相会。乍看好像是记眼前之事，实则是对曾经恋爱故事的描写。看门外，雨越下越大，把花柳打得一片憔悴，街上泥泞难行，连燕子都因为全身淋湿，飞得十分吃力。等待的人心中越来越担心，不仅担心对方不会来，还担心这种天气会不会让对方历尽艰辛。前来相会的人也是如此。两人在如此艰难的情况下相见，又因为某种缘故，不得不分离。

两人冒着春雨相聚在小楼之中，情思缱绻时小楼上雨声潺潺，踏着满街泥泞相别离，而且点明是无奈的分离，所以他们眼中，门外的花柳才如泣如啼，双飞的燕子也飞行艰难。正是以我观物，万物皆着我之颜色。

有情人终成眷属，并不能给人生带来完美的结局。他们在一起后，“丽日明金屋，春色桃枝。”风和日丽，桃花娇艳，住处明亮，映照着他们的笑脸，他们一起生活在这样一个美好的环境中；同时，内心的感受却与原来风雨中的的小楼大不一样。“不似当时”，两人都感到眼前无忧无虑地在一起，反倒不如当时那种紧张、凄苦的环境下彼此相思的情景来得意味深长。正如《文心雕龙·物色篇》所说：“情以物迁，辞以情发。”

两个人，两种环境下产生的两种心态。患难中的真情，安逸中的幽恨，说明人生都有一种奇怪的悖论。语言清新，表达委婉，情致深厚，于凄婉幽怨之中抒离合之情，于艳情中寄身世遭遇之慨，感情真挚浓烈，使人读之如同身受，印象深刻。

瑞龙吟

章台路，还见褪粉梅梢，试花桃树。
愔愔坊陌人家，定巢燕子，归来旧处。
黯凝伫。
因念个人痴小，乍窥门户。
侵晨浅约宫黄，障风映袖，盈盈笑语。
前度刘郎重到，访邻寻里，同时歌舞。
唯有旧家秋娘，声价如故。
吟笺赋笔，犹记燕台句。
知谁伴、名园露饮，东城闲步？
事与孤鸿去。
探春尽是，伤离意绪。
官柳低金缕。
归骑晚，纤纤池塘飞雨。
断肠院落，一帘风絮。

品词

词人怀念旧日的恋人，因而旧地重游，但见梅花零落，桃树开花，燕子飞来飞去，不见伊人。想起曾经与心上人相见的情景，后来心上人身价百倍，与词人诗句唱和，品茗

散步。现在却是春意寥落，风絮飞雨，十分伤感。词中将写景、叙事、抒情融为一体，层次分明，章法严谨，情思缠绵，是周邦彦最具有代表性的作品。

词人春日旧地重游“章台路”，梅花褪去轻粉的痕迹，桃花刚刚绽放鲜美娇嫩的花瓣，街头巷陌人家寂静，只有原来定居的燕子，飞回来找寻旧巢。“章台”是台名。秦昭王曾在咸阳造章台，台前有街，故称章台街或章台路，其地繁华，妓馆林立，后来章台就代指妓女聚居之地。词人的心上人就是一位坊陌女子。“还见褪粉梅梢，试花桃树”是写梅花凋谢，如同美人“褪粉”。桃花初绽，恰似少女“试花”。季节时令的更替，正在花的改变，而人何尝不是如此呢？词人故地重游，春天依旧，不禁触景怀人。昔日繁华的青楼如今一片清冷，往年筑巢定居的燕子又回到了旧地，词人也来到了旧地，只是心上人不知流落到了何方？现在处境又如何呢？

那位坊陌少女年少天真活泼，词人对她充满亲昵爱怜之意。故地重游，佳人已不在，词人触景生情，黯然凝神伫立中想起与佳人初见时的情景。“侵晨浅约宫黄，障风映袖，盈盈笑语”，当时相遇之时，清晨少女涂着浅浅的额黄，徐徐晨风中红袖轻荡，笑语盈盈如鲜花般绚丽迷人。一派天真烂漫，如蝴蝶翩然而至。以“黯凝伫”等滞重的笔墨点出思念之深，少女却是轻脱活跃，相映成趣间突出词人记忆的鲜活及往昔的美好。

“前度刘郎重到，访邻寻里，同时歌舞。唯有旧家秋娘，声价如故”是追忆往事，词人上一次来到这里，青楼林立，坊陌聚集，到处都歌声悠扬，舞姿绰约。寻访邻里，才知道原先相遇的姑娘已经身价百倍，被时人所追捧。“前度刘郎重到”用刘义庆《幽明录》所载东汉刘晨入天台山遇到仙女的故事，兼用刘禹锡《再游玄都观》“种桃道士归何处，前度刘郎今又来”的诗句。词人寻访邻里，方知自己怀念中的佳人是当时的歌妓中身价最高的，只是现在她已如仙女一样踪迹渺然。“秋娘”是唐代妓女喜欢使用的名字。这里以秋娘作陪衬，说明了词人所怀念的那位歌妓色艺声价之高。

“吟笺赋笔，犹记燕台句。知谁伴、名园露饮，东城闲步？”《燕台》是指唐李商隐《燕台四首》。李商隐曾作《燕台》诗四首，分题为春夏秋冬，为洛阳女子柳枝所叹赏，手断衣带，托人致意，约李商隐偕归，后因事未果。不久，柳枝为东诸侯娶去。李商隐又有《柳枝五首》（并序）以纪其事。李商隐又《梓州罢吟寄同舍》诗云：“楚雨含情皆有托，漳滨卧病竟无憀。长吟远下燕台去，惟有衣香染未销。”词人高才，拥有文章名，佳人对词人十分赏识，词人与佳人相识相好，以至于如今仍然记得当年与她一起吟诗作赋时的情景。如今还能有谁可以陪伴我做名园露顶畅饮、到东城闲步寻花那样赏心的乐事呢？昔日的美好恰恰反衬今日的孤独。“露饮”，是说饮宴时脱帽饮酒，表示不拘形迹，行为狂放。

“事与孤鸿去”借用唐人杜牧“恨如春草多，事与孤鸿去”之意，往事已随孤雁远去，故地重游，伤感满怀。寻访春天和旧日伊人，只能感到愁怨漫无边际，而且无处消解。“官柳低金缕。归骑晚，纤纤池塘飞雨。断肠院落，一帘风絮。”描述的是词人在这里伫立良久，才想到回去，池塘飞雨丝丝缕缕，院落风絮凄凉孤寂，词人寻人不遇独自归来时感到无边的落寞和伤感。

词人重游故地，寻访佳人而未得，抚今追昔，不禁发出物是人非的慨叹，这与唐朝诗人崔护的“去年今日此门中，人面桃花相映红。人面不知何处去，桃花依旧笑春风”的悲伤有异曲同工之妙。

渡江云

晴岚低楚甸，暖回雁翼，阵势起平沙。

骤惊春在眼，借问何时，委曲到山家。

涂香晕色，盛粉饰、争作妍华。

千万丝、陌头杨柳，渐渐可藏鸦。

堪嗟。清江东注，画舸西流，指长安日下。

愁宴阑、风翻旗尾，潮溅乌纱。

今宵正对初弦月，傍水驿、深舣蒹葭。

沉恨处，时时自剔灯花。

品词

词人乘船坐在江水上，歌咏山水风光，心中蕴藏已久的离情被引发，句句绘景，正是丝丝愁绪。

春回大地气象万千，春天的消息于大地的委曲之中时时透露。晴日山中的团团薄雾，低低地铺满南方的旷野，和煦温暖的春天的气息，最早从大雁翅下透露，它们结成阵势从无垠的沙滩上腾空而起，向北飞去。“暖回雁翼”，大雁是候鸟，春暖北去，秋寒南归，这温暖的使鸿雁结队北飞的气息，自然便是春天带来的，不点自明。“骤惊春在眼，借问何时，委曲到山家”，雁群北去，使词人骤然惊知春天已来到眼前，借问春光，何时方能逐渐地进入千峦万嶂的深山？那时节便是“涂香晕色，盛粉饰、争作妍华”的阳春景色：碧草如茵，铺地连天，春花舒卷开合，乾坤香满。天公以最大的粉饰力，装点着争艳斗华的春天。闭目一想春天的景象：“千万丝、陌头杨柳，渐渐可藏鸦。”放眼看去，那千丝万缕的田头道旁的杨柳，已绽出鹅黄色的新绿，细叶嫩条渐抽渐长，便可藏遮栖鸦了。春天稠密的枝叶让人心喜，并不讨人喜爱的乌鸦因染上春的颜色，似乎也变得美丽了。

面对眼前的春景，词人心中涌出淡淡的闲情。“清江东注，画舸西流，指长安日下”，是写词人正置身画船，沿着东流注入长江的清江水西去，向着京城——汴京进发。此处“清江”一词既可指清澈的江水，又可特指今日湖北省境内流入长江的一段江水，《水经注》记载该水，“水色清照石上，分沙石”故名之曰“清江”；“长安日下”暗用唐代王勃《滕王阁序》中有“望长安于日下，指吴会于云间”句意。唐朝都城在长安；古人将权力至高无上的君王比作中天之日，所以“日下”也指君王所居之处京都。不过此处指北宋都城——汴京。

“愁宴阑、风翻旗尾，潮溅乌纱。”雕饰华丽的官船上的酒宴已残，兴尽人散；还是愁那江风阵阵总是无休止地拍打翻卷着船头的旗尾，夕潮也汹涌而起、浪花溅湿了头上的乌纱，点缀大江壮阔景象的江风、江潮怎么会撩起词人心中的愁绪？这“愁”字的答案，到底在哪里？这里是不是隐含着仕途的担忧？愁到极点，难以言说。“乌纱”指乌纱帽，以乌纱抽扎帽边制成，始于东晋宫官著乌纱帢（便帽），后经改制，隋代时帝王、贵臣亦多戴之；至唐宋已行于民间，不论贵贱。

“今宵正对初弦月，傍水驿，深舣蒹葭”是说今天夜晚悬在江空上的一弯弦月，乘坐的船只也慢慢近港湾驿站、泊入芦苇深处。天上月圆月缺，人间离合悲欢，这如钩的新月残缺得多么厉害，什么时候才能月儿常圆、人聚不散？“沉恨处，时时自剔灯花。”夜阑人静，思念闺中人的柔情更加浓重，沉怨无法排遣，词人面对着闪烁的银灯，一次次地把灯花剔下，久久不能安眠。

词人写景如绘，春景之中的季节变化使得离愁丝丝入微，词人的愁绪给春天的景物增加了个人色彩。作为北宋徽宗驾前的供奉文人，周邦彦写景时自然也不忘繁荣景象的铺陈、不忘粉饰太平；写情也只写浅淡的离情，与邦国大事似无牵涉，但又摆脱不了时代的烙印。

应天长

条风布暖，霏雾弄晴，池塘遍满春色。

正是夜堂无月，沉沉暗寒食。

梁间燕，前社客。

似笑我、闭门愁寂。

乱花过，隔院芸香，满地狼藉。

长记那回时，邂逅相逢，郊外驻油壁。

又见汉宫传烛，飞烟五侯宅。

青青草，迷路陌。

强载酒、细寻前迹。

市桥远，柳下人家，犹自相识。

品词

寒食节春日落花狼藉，春草更绿更生，寒食节夜色，意境深沉，周邦彦重返汴京任国子监主簿后，于今日寻访旧日踪迹不得。他触物生情，由此追忆了一段美丽的邂逅，怅然若失，抒发了他惆怅郁结的心境。此词回环起伏，寓情于景，虚实交织，变换多端，烘托出他心绪的曲折多变、飘忽不定。

“条风布暖，霏雾弄晴，池塘遍满春色”。“条风”

即调风指春风。春风徐徐，迷雾轻动，池塘水碧草青，春意盎然。在寒食节的融融春光中，词人感到孤寂怅惘，自古咏寒食，多写阴雨。词人却说风暖雾晴，意境和暖，独具匠心。“正是夜堂无月，沉沉暗寒食。”寒食之夜黯淡无月，夜色沉沉笼罩天地。在深沉厚重的氛围中，词人独坐堂上。想起寒食白天的情景。“梁间燕，前社客。似笑我、闭门愁寂。”寒食为清明前一日，春社为立春后第五个戊日，时间上隔得很近，而燕子是春社的标志。筑巢在梁上的燕子，是去年社日飞来的老客。它们也仿佛在笑词人一个人关着门孤单寂寞。沉沉夜色比不上自己心情之沉重，内心的孤寂甚至觉得燕子都“笑我”。闭门一个人对着过去，内心更加苦闷。

“乱花过，隔院芸香，满地狼藉”是说冷风乍起，乱红飞过，满地狼藉，原来是隔院之花被吹了过来。芸是一种香草，此处芸香借指乱花之香气。这是春花最后的香气，春花谢了，春天就快过去了，想到此处，心里烦扰不堪。好时光多么容易过去，物是人非事事休，多思词人怎么能不落泪？“长记那回时，邂逅相逢，郊外驻油壁。”词人心中时时想起，那一个寒食节，你坐着油壁车来到郊外踏春，我们在这个日子相聚十分美丽。当时情意欢洽而美妙的情景对我来说刻骨铭心，满腔感慨尽见于这一声感喟之中。宋代寒食节有踏青的风俗，女性多乘油壁轻车来到郊外，即四周垂有帷幕，其车壁用油漆彩饰的马车。

美好的邂逅倏忽而过，今日重游旧地。“又见汉宫传烛，飞烟五侯宅”化用韩翃《寒食》诗：“日暮汉宫传蜡烛，轻烟散入五侯家。”汴京之地的官宦人家，全都点上了蜡烛，轻烟袅袅升起。前次邂逅亦见如此情景，那是双方歌酒欢娱，直至传烛分火的夜晚，始尽兴醉归。现在想到今日的情境，痛苦万分，对当年寒食邂逅涌起无尽的追寻。“青青草，迷路陌。”沿着当年踏青之路，词人故地重游，然而寒食春深，小径被青草遮没，尚可以细细寻来。情感一旦迷失，前缘又如何再续呢？“强载酒、细寻前迹。”词人明知无望而又强自振作，不愿意放弃哪怕一丝一毫的希望，勉强带上酒杯，沿着旧时走过的草间小径，寻找当年的感觉。“市桥远，柳下人家，犹自相识。”那远离市桥，柳条掩映下的人家，分明是当年相会之地啊！今时之寒食，不似往时之寒食。往时郊外柳下，两相缱绻，今时闭门愁寂，徒闻隔院芸香。物是人非，无可奈何！毛先舒说本篇：“前半泛写，后半专叙，盖宋人多此法……周清真寒食词后段只说邂逅，乃更觉意长。”

周邦彦怀人，情深入骨。调名为《应天长》，实有深意。南宋陈元龙注于调名下引《老子》“天长地久”及《长恨歌》“天长地久有时尽”二语，实是知音。

还京乐

禁烟近，触处、浮香秀色相料理。

正泥花时候，奈何客里，光阴虚费。

望箭波无际。

迎风漾日黄云委。

任去远，中有万点，相思清泪。

到长淮底。

过当时楼下，殷勤为说，春来羁旅况味。

堪嗟误约乖期，向天涯、自看桃李。

想而今、应恨墨盈笺，愁妆照水。

怎得青鸾翼，飞归教见憔悴。

品词

词人羁旅在外，触景生情，思念恋人。全篇含蓄委婉、想象奇特，把词人春日羁旅怀人的柔情表现得淋漓尽致。而且词人通过内心独白，以词代书，通篇表达的是对恋人的情语，情感真挚浓烈。

“禁烟近，触处浮香秀色相料理”是说寒食节近，春深时节，自己客居异乡，触景情伤。“禁烟”指寒食节，在农历清明的前一或二日。据南朝梁·宗懔《荆楚岁时记》载：

冬至后一百五日，谓之寒食，禁火三日。故寒食亦称“禁火”或“禁烟”。“正泥花时候，奈何客里，光阴虚费。”春日将暮，怎奈客行在外，不能邀友携伴享受春光，只能任它在眼前虚度。由春光引出赏花无心，遂转为对恋人的告语。伤春正所以怀人。“望箭波无际。迎风漾日黄云委。”望着眼前的河流，水急如箭，浩荡无际，对顶长风，竟有吞云漾日之势。相思如水般绵绵不绝。“任去远，中有万点相思清泪。到长淮底。过当时楼下，殷勤为说，春来羁旅况味。”江水浩荡远去，夹带着词人的无限柔情和万点相思清泪，流到淮河里，直到曾经与恋人相会的河楼之下，向她诉说，.这一春来滞留异乡苦苦相思的滋味。

“堪嗟误约乖期，向天涯、自看桃李。”词人悲叹，尽管泪水能把思念传达给情人，但自己毕竟违期失约，滞留在外无法按时与恋人相会。孤身飘零天涯，独自打发这桃李灿烂的春天。“想而今、应恨墨盈笺，愁妆照水。”想而今心爱的人满怀期望落空的怨恨，她和了笔墨，思念并怨恨着将诗句写满彩笺，临水照影看到的心上人一定是一幅愁态万种的模样。想到此处，心中悲痛自不待言。“怎得青鸾翼，飞归教见憔悴！”词人心中想念，急切地盼望相聚，不禁发问道：怎么才能长出青鸟一样的双翼，赶快飞回到你身边，让你瞧瞧我已憔悴成什么模样了！

词人羁旅怀人，睹春景而生幽情，想象到恋人的悲伤和怨愁，而化作一番荡气回肠的情语，新颖别致。全篇写情，既表述自己，又勾勒对方，相合相契间结构谨严，真正达到了以健笔写柔情的艺术境界。

解连环

怨怀无托。

嗟情人断绝，信意辽邈。

纵妙手、能解连环，似风散雨收，雾轻云薄。

燕子楼空，暗尘锁、一床弦索。

想移根换叶，尽是旧时，手种红药。

汀洲渐生杜若。

料舟移岸曲，人在天角。

谩记得、当日音书，把闲语闲言，待总烧却。

水驿春回，望寄我、江南梅萼。

拼今生，对花对酒，为伊泪落。

品词

词人对昔日情人思念不已，但是情人已经与他断绝，满腹愁思无处倾诉。这首词笔触曲折细腻，抒情婉转反复表述因“怨怀无托”而生发出来的曲折、矛盾的失恋情怀。全词直抒情怀，悱恻缠绵。

“怨怀无托。嗟情人断绝，信音辽邈。”点明词人怨恨产生的根由，这三句把心中的幽怨和盘托出，来势突兀，说明词人心中的痛楚郁结已久，已经到了难以抑制、无可忍受的程度；“拚今生，对花对酒，为伊泪落”，是词人仔细思量后得出的结论，既然今去者决绝，已是无可挽回，就做好了终生不能遂愿的准备；中间的词句则描写失恋者对失去恋人的种种变换、起伏的态度。

“怨怀”之所以产生的根本是“情人断绝，信意辽邈”，满腹的哀怨无以排遣。这里用“连环”比喻相思，只因相思恰如连环，本不可解，即使“妙手能解”，依然旧情难已。就像“风散雨收”之后，仍然会残留下轻雾薄云一样。接着“燕子楼空，暗尘锁、一床弦索。”用“燕子楼”的典故述说纵然是人去楼空，也还剩得“一床弦索”。燕子楼是唐武宁军节度使张愔为爱妾关盼盼所建。张愔卒后，盼盼念旧日恩爱而不嫁，其事绮艳感人。“燕子楼空”暗喻往昔缠绵之情已随人而去，借用苏轼《永遇乐》词“燕子楼空，佳人何在”的句意，以托怀念之情。“床”，是古代的一种较矮的坐具。“弦索”总指乐器。佳人弹过的乐器还在床上摆放着，只是蒙上了灰尘，令词人睹物思人，相思之情不能断绝。下面写昔日佳人手植的芍药，代表着往日的欢乐。“芍药”，《诗经·溱洧》：“伊其相谑，赠之以芍药。”又芍药一别名“将离”，行将别离之意，蕴含离别后的凄楚。

“汀洲渐生杜若。料舟移岸曲，人在天角”，化用《九歌·湘君》“采芳洲兮杜若，将以遗兮下女”句意。人已乘舟远去，汀洲上杜若丛生，相思愁肠，无法排遣。词人回忆当初热恋之时，柔情蜜意音书不断，至今仍藏之若宝。事到如今才明白，那只不过是些无关紧要的闲言淡语，真想付之一炬以解愤恨。回想往事，词人对情人的相思痴恋一直折磨他的心。这里暗用汉乐府《有所思》“拉杂摧烧之，当风扬其灰”句意，以示“从今以往，无复相思”之决绝态度。然而要烧去旧日的情思和相思，只是这么设想并未这么做。词人心中怨恨情人的无情，不因对方无情而对其彻底绝情。“水驿春回，望寄我、江南梅萼。”春天来到江南岸边的时候，请求对方把象征爱情的梅花寄来。明知情人已经与己断绝，书信都无，竟还如此奢望，实是痴顽。“拼今生，对花对酒，为伊泪落”，词人明知不能遂愿仍然痴心不渝，花间饮酒，对月思人，泪水涟涟不断。

全词怨中传情，爱中含恨，深婉真切地表达出词人“情人断绝”后的爱恨交织，实是一首新颖别致的情词。

李清照词

李清照小传

李清照（1084—1155年）号易安居士，济南（今属山东）人，婉约词派的代表。父亲李格非，为元祐后四学士之一，丈夫赵明诚为金石考据家。崇宁元年（1102年），宋徽宗以绍述宋神宗为名，任蔡京、赵挺之（赵明诚的父亲）为左右相，立元祐党人碑，以司马光等百二十人为“奸党”，其父列名党籍，李清照以诗上赵挺之。崇宁二年（1103年），赵明诚出仕，矢志撰述以访求、著录古代金石文字为职志的《金石录》一书。大观元年（1107年），蔡京复相，挺之卒。蔡京以赵挺之为元祐大臣所荐，为庇元祐“奸党”，追夺所赠官。赵明诚、清照夫妇因此屏居青州（今山东益都）乡里十年。宣和二年（1120年）蔡京致仕后，赵明诚起知莱州（今山东掖县），此后又自莱移淄。靖康之难后。赵明诚奔母丧南下，知江宁府，清照载书至建康。建炎三年，赵明诚卒。离京自建康出走浙中，李清照随亦入浙，经台、嵊、黄岩，从御舟海道至温州，复至越州，衢州，于绍兴二年（1132年）赴杭州。绍兴四年，作《金石录后序》。绍兴中，以《金石录》表上于朝。卒年约七十余。善属文，于诗尤工。《宋史·艺文志》著录《易安居士文集》七卷，俱不传。

李清照提出词“别是一家”之说，创“易安体”，为宋词一家。词集著有《漱玉集》，然今本皆为后人所辑。

点绛唇

蹴罢秋千，起来慵整纤纤手。

露浓花瘦，薄汗轻衣透。

见客入来，袜刬金钗溜。

和羞走，倚门回首，却把青梅嗅。

品词

靖康之乱前，词人李清照的生活是幸福美满的。少女时期的她活泼可爱，天真烂漫。春天花园里一片明媚，她荡完秋千之后，粉汗淋漓，薄衣微透。等到听说心上人到来，她粉面含羞，连袜子和金钗都遗下了，逃到门边后佯装嗅青梅，却将眼睛盯着心上人。此词抒写了少女对爱情的强烈追求和对自由的渴望。

她身躯娇小，顽皮可爱，一玩就玩得个筋疲力尽。荡完秋千后，她春衫都湿透了，精神懒懒散散，用纤细的手整理凌乱的头发，额间鬓角挂着汗珠，眉间嘴角挂着笑意，一副心满意足的表情。春风温柔的拂过，心里欢喜得很。词人不写少女荡秋千时的欢乐，而是剪取荡完秋千后的神态。“露浓花瘦，薄汗轻衣透”几个字便使一个天真活泼、憨态可掬的如花少女出现在眼前。

此刻少女已经走下了秋千，但仍可以想象出少女荡秋千时，罗裙飘扬，身姿轻盈的情景。原来她是一位年轻貌美的贵族小姐。由于刚才荡秋千时用力，出了一身薄汗。此时，晨风乍起，泛起些许凉意，此时的少女恰如缀着晶莹露珠的柔嫩花朵，清新动人，正与花园的美景相映照。

忽然，静谧的晨景被来客打破，一个陌生人走入花园里。“见客入来”，她先是感到惊诧，继而便匆忙回避。来不及穿鞋子，仅仅穿着袜子就匆匆忙忙走路，疾走时金钗滑坠，使得头发松散了。这位忽至的客人是一位翩翩少年郎，他恭敬而礼貌，含着些微的笑。“和羞走”三个字，把少女此时的内心感情和外部动作描绘得精致而到位。

可是这样仓皇的逃跑不是少女的本意，她很想再多看他几眼。少女倚靠着门边，回过头来，只拈着梅子不住地闻嗅，然而将目光偷觑少年。少女面对英俊少年既爱恋又羞涩，既欣喜又紧张，既兴奋又恐惧。最后只好借“嗅青梅”来掩饰自己，以便偷偷地多看他几眼。少女之心，纤毫毕现。

少女的天真活泼从玩秋千可见，少女的羞怯狡黠从来客后的动作可知，清词丽句刻画了一个天真纯洁、感情丰富却又不失矜持的少女形象，获有“曲尽情悰”之誉。

如梦令

昨夜雨疏风骤。

浓睡不消残酒。

试问卷帘人，却道“海棠依旧”。

知否？知否？

应是绿肥红瘦！

品词

词人南渡以前，极富生活情趣。夜来风雨，即使是睡觉醒来酒意未醒之时，词人也很担心海棠。所以一醒来就问海棠怎样了。侍女不懂词人的惜花之心，敷衍以对。词人不满，感叹春花的寥落。寥寥数语间有场景、有人物、有情节，还有对白，充分显示了词人卓越的才华。

“昨夜雨疏风骤，浓睡不消残酒”是说昨夜雨大风狂，想到风雨无情，那屋外的海棠花是要花零枝残了，疼惜之下不禁多饮了几杯酒后沉沉睡去。她酒醉醒来，想起前事，不觉忐忑。于是，词人急问正在收拾屋子、启户卷帘的侍女：海棠花怎么样了？侍女模糊地回答道：海棠一点儿没变。词人没有感到欣喜，因为一夜风雨春华减，何况海棠本是柔嫩之身，只是感叹：“知否？知否？应是绿肥红瘦！”你知道

吗？那海棠花看似未变，其实已经不知零落了多少花朵，看上去应该是绿叶多，红花少了！对于花的境况，词人不见而知，与侍女的视而不见形成对比，词人惜花之情不言而喻。

词人惜花之心，侍女全无心思，海棠的红笑绿浓全在问答之间显露无遗。全词工致新巧，富有节奏感，曲折委婉地表达了词人的爱花惜花之情，又暗含词人以花自喻，慨叹自己的青春易逝。

一剪梅

红藕香残玉簟秋。
轻解罗裳，独上兰舟。
云中谁寄锦书来？
雁字回时，月满西楼。
花自飘零水自流。
一种相思，两处闲愁。
此情无计可消除。
才下眉头，却上心头。

品词

词人婚后不久，丈夫赵明诚远离，词人心中难忍孤寂和相思之苦，坐船出游来排遣其忧愁。奈何心中的痛苦不消，看到落花流水和雁阵南飞，也只是徒惹愁思。伊世珍《琅嬛记》说：“易安结褵（婚）未久，明诚即负笈远游。易安殊不忍别，觅锦帕书《一剪梅》词以送之。”

“红藕香残玉簟秋”一句领起全篇。自从离别后，触目所及皆是荷花凋谢，竹席浸凉，大概因为秋天到了，意境也格外清冷。在这种环境下，不由得想到种种人事的悲欢离合，心境惨淡，容颜憔悴，不知道怎么办才好。

为了排解这种百无聊赖的心情，词人“轻解罗裳，独上兰舟”。白日里泛舟湖上，走入木兰船上。泛舟本是为了体会诗情画意的感受，但自己一个人，没有人做伴，更觉得孤独寂寞。因孤独至极，便想要得到丈夫的消息，所以发语问道“云中谁寄锦书来”。词人日日盼望丈夫的书信，但是书信迟迟不来。词人期待丈夫的消息，独立楼头之时，不禁想到鸿雁传书的说法。幻想着飞过的鸿雁能够传递她对丈夫的思念，不知不觉中已是伫立良久，再回神时月光已经洒满西楼。她的思念就如同月华洒满小楼，表现了她思夫心切的情感。

“花自飘零水自流”，即景比兴，落花流水径自漂流，从不管相思之人的悲愁。年华轻易抛掷，美好的事物包括自己的青春年华就像这花谢水流一样静静消失了。人世无常，徒留凄凉无奈之恨。

“一种相思，两处闲愁”由此及彼。她相思忧愁日夜不停时，推想到丈夫也是如此。词人深知这种相思与忧愁不是单方面的，对方的心境一定是和自己一样的，恐怕现在丈夫也是无心于外物，和她一样的心情。相思却又不能相见的无奈思绪流诸笔端。

“此情无计可消除，才下眉头，却上心头。”相思之情绵绵不尽，真是无法可排解。想要消除眉头上紧锁的忧愁，抚平额头，忧愁却盘上心头，由外露转向内向，情感更加深厚。词人对忧愁无计可施的窘态，让人心疼。这和李煜《乌夜啼》“剪不断，理还乱，是离愁，别是一般滋味在心头”，有异曲同工之妙。

这首词笔调清新，风格细腻，表达的感情真挚而浓烈，词句富有韵律，词人对丈夫的情深义重可见一斑。

凤凰台上忆吹箫

香冷金猊，被翻红浪，起来慵自梳头。

任宝奁尘满，日上帘钩。

生怕离怀别苦，多少事、欲说还休。

新来瘦，非干病酒，不是悲秋。

休休！这回去也，千万遍《阳关》，也则难留。

念武陵人远，烟锁秦楼。

惟有楼前流水，应念我、终日凝眸。

凝眸处，从今又添，一段新愁。

品词

词人婚后不久，丈夫赵明诚将要离家远游。词人早上懒散无聊，设想以后分离后的痛苦，更是心中凄恻。本词表达了词人与丈夫无奈分别的痛苦和依依惜别的深情。

香炉里的香冷了，环境凄清而幽寂。“被翻红浪”，化用柳永《凤栖梧》“酒力渐浓春思荡，鸳鸯绣被翻红浪”句意，暗示夫妻间一夜雨密云稠，两情缱绻。想到别离，起来之后慵懒而忧愁，无心梳妆，原本静谧缱绻的早晨也有了伤感的味道。人闷闷的，心也懒散散的，任宝奁闲置在那里布满灰尘。虽语未涉离别，却足见离愁别恨充溢心间。

多情最怕分离，有无数的话想和丈夫倾吐，但又怕丈夫心疼难受，只能“欲说还休”。心思百转千回，又理解又埋怨，情感更加浓烈真挚。“新来瘦，非干病酒，不是悲秋。”最近身体清减了许多，但这与病酒无关，与悲秋伤怀无关。不言别离，怕是连别离之字都会让词人伤心吧！回避着情感写离伤，更显含蓄深沉，耐人寻味。

“休休！”是叹语。罢了，罢了！明知道是要离开的，多么深情的话也是无用的。算了，算了！分别已是必定的了，即使唱再多遍的离歌也是无用的。秦楼本是秦穆公女儿弄玉与仙人萧史两个相亲相爱的人一同居住的地方。现在丈夫要离开，自己一人将独守这烟雾迷蒙的楼阁，凄凉孤独之感油然而生。连用两个典故来设想离别后双方的相思情苦，飘渺深婉。

“惟有楼前流水，应念我、终日凝眸”是说词人继续设想离别后自己的孤单情景，流水无知无情，怎会理解她终日凝眸的情态。但词人就是认为到那时，恐怕只有楼前的流水能够理解自己终日楼头盼人归的心情了。痴语妄想中足见词人对丈夫的情深义重。“凝眸处，从今又添，一段新愁。”今日之后，山高路远，枉自凝眸，相思之苦将与日俱增，愈发无从排遣了。结尾处“一段新愁”指什么？含蓄而又明确。如此结尾使人觉得离愁绵绵，韵味无穷。

词人因丈夫即将离开，感到格外的苦闷和孤独。早上起

床，中间的设想，后面怨而不怒的深情，将一腔离愁别恨写得哀怨凄婉，一唱三叹，感人肺腑。

浣溪沙

髻子伤春懒更梳，晚风庭院落梅初。
淡云来往月疏疏。
玉鸭熏炉闲瑞脑，朱樱斗帐掩流苏。
通犀还解辟寒无？

品词

词人新婚不久，丈夫赵明诚就负笈出游。词人独守空闺，寂寞无聊，感伤春愁。以忧愁之心观看景物，所有的景物都带有我之色彩。本词融情于景，刻画出一个伤春女子孤寂的心境。

词人因为满怀春愁精神落寞，无意梳洗。在春寒料峭、梅花飘零的初春时节，晚风吹入深深庭院，原本盛开的梅花开始凋落，在一派凄凉中，词人伤春情绪，自然流露出来。词人仰视天空，淡淡的浮云在空中飘来飘去，天边的月亮也显得朦胧遥远。残月正是不团圆的意思，这一弯残月正照在词人的心头，散发着凄清。此句格高韵远，富有诗的意境。

词人在庭院中伫立良久，直至夜色降临，愁绪依然无法排解，只得转身回到室内。此时在词人眼中往日见惯的摆设里，透露出来的也是寂寞空虚。镶嵌着美玉的鸭形熏炉中，还闲置着珍贵的龙脑香，可是词人已经懒得去点燃熏香了；织有朱红樱桃花色的、覆盖如斗形的小帐低垂，上面装饰着五色纷披的丝穗。美好的装饰和奢华的陈设，词人的心并不为之所动。不是屋子里不美，而是词人无心欣赏。因为她的心只在寂寞凄凉的感受之上。

“通犀”是指一种能避寒气的犀角，名“辟寒犀”，据唐王仁裕《开元天宝遗事》记载：“开元二年冬，交趾国进犀一株，色黄如金。使者请以金盘置于殿中，温然有暖气袭人。”词人难以消除心境之凄冷，故假借向犀的发问抒发独守空闺的寂寞忧愁之情。怨而不怒，更显得词人情深。

词人心中愁闷，无心梳洗，每每触景生情。见落梅而伤感，看疏月而徘徊，焚熏香而苦闷。本词语言精练，词意曲折婉转，词人的感情在清幽静谧的情景描写中淡淡流露出来，韵味无穷，动人心弦。

醉花阴

薄雾浓云愁永昼，瑞脑消金兽。

佳节又重阳，玉枕纱厨，半夜凉初透。

东篱把酒黄昏后，有暗香盈袖。

莫道不消魂，帘卷西风，人比黄花瘦。

品词

词人和丈夫赵明诚分别之后，词人在重阳佳节对丈夫十分思念。白天焚香愁闷，晚上夜凉侵体，第二天把酒对瘦菊，黯然神伤。西风吹来，倍觉凄凉。本词情感细腻真挚，工于辞藻，且不落窠臼。

从早到晚，天空阴翳，这种阴沉沉的天气使人感到愁闷难挨，心情伤感孤寂。外面的天空阴沉暗淡，沉闷得让人难以忍受，只好待在屋里。但屋内又“瑞脑消金兽”，香烟缓缓升起，在屋内缭绕，时间仿佛静止了一样。天气阴暗沉郁，时间漫长无聊，烘托出环境的凄寂，正是词人心情伤感孤寂的写照。很快又到了重阳佳节，这天亲友团聚，相携登高，佩茱萸，饮菊酒。只有自己独守空闺，加倍思念远行的丈夫。等到夜间，秋夜独眠，倍感孤寂。半夜醒来，悄悄透入“玉枕纱厨”的又何止是秋凉，对比之前夫妇团聚时的温馨和甜蜜，相思孤寂之情更加难以抑制。上片寥寥数句间，就通过描写室外天气、室内气氛及秋夜凉意，融情于景，表现出闺中少妇孤独忧郁的愁绪。

古人重阳节有赏菊饮酒的习俗。心情不佳的词人于重阳节这天想借酒消减一下愁怀，于是“东篱把酒”直饮到“黄昏后”。一边饮酒，一边赏菊，菊花的幽香萦绕四周，但这馨香难以到达丈夫那里。“有暗香盈袖”一句，化用了《古诗十九首》“馨香盈怀袖，路远莫致之”句意，表明她无法排遣的对丈夫的思念。如果还能和丈夫一起赏菊饮酒，该是怎样的赏心悦事啊！

天色已晚，词人也触景伤情，再无饮酒赏菊的情绪，于是返回闺房。晚来风急，瑟瑟西风透过帘幕，使人感到阵阵寒意。独守空闺的人寂寞忧伤，联想刚才把酒相对的菊花，在秋风中迎寒开放，楚楚动人，恍若相思入骨的词人。人愁花瘦，帘外黄花与帘内佳人，同命相恤，形神酷似，只是人愁更胜花瘦，物我交融间情感不言自喻。其中韵味颇有可意会不可言传的意思。据伊世珍《琅环记》载：易安以此词寄明诚，“明诚叹赏，自愧弗逮，务欲胜之。一切谢客，忘食忘寝者三日夜，得十五阕，杂易安作，以示友人陆德夫。德夫玩之再三，曰‘只三句绝佳。’明诚诘之。答曰：‘莫道不消魂，帘卷西风，人比黄花瘦。’正易安作也。”

词人思念丈夫，情深似海。从白天的苦闷到夜晚的孤独，从他人相聚之乐到自己独自对菊饮酒。花之瘦，人之态，思之故。深情款款，一唱三叹。

辛弃疾词

辛弃疾小传

辛弃疾（1140—1207年）初幼安，号稼轩，济南历城（今属山东）人。受学于亳州刘瞻，与党怀英为同舍生，号辛党。绍兴三十一年（1161年），金兵南侵，中原起义军烽起。弃疾聚众二千，隶耿京为掌书记，奉表南归。宋高宗于建康召见，授右承务郎，任满。改广德军通判。乾道四年（1168年），通判建康府，上《美芹十论》、《九议》，力主抗金并提出不少恢复失地的建议。乾道八年（1172年）知滁州。淳熙元年（1174年），辟江东安抚司参议官，迁仓部郎官，出任江西提点刑狱，调任京西转运判官，差知江陵府兼湖北安抚，迁知隆兴府兼江西安抚。五年（1178年），召为大理少卿，出为湖北转运副使，改为湖南转运副使。又改知潭州兼湖南安抚使，创建飞虎军，雄镇一方，为江上诸军之冠，迁知隆兴府兼江西安抚。淳熙八年（1181年）冬天，台臣王蔺劾弃疾“用钱如泥沙，杀人如草芥”，落职，卜居上饶城北之带湖，筑室百楹，以稼名轩，自号稼轩居士，自是投闲置散凡十年。绍熙三年（1192年），起为提点福建刑狱，次年，知福州兼福建安抚使。以谏官黄艾、谢深甫论列，丐祠归。所居带湖雪楼毁于火，徙铅山期思之瓜山下，家居瓢泉长达八年。嘉泰三年（1203年），起知绍兴府兼浙东安抚使，于会稽创建秋风亭。四年，改知镇江府。开禧元年（1205年），复以言者论列，奉祠归铅山。开禧三年，年六十八，卒铅山南十五里阳原山中。德祐元年（1275年）追谥忠敏。

辛弃疾平生以气节自负，功业自许，谋猷略远，然谗摈销沮，南归四十余年间，大半皆废弃不用，故陈亮《辛稼轩画像赞》叹为“真鼠枉用，真虎不用”。其胸中古今，用资为词，激昂排宕，别开生面，不可一世。《宋史》有传。著有《稼轩集》，又有《稼轩奏议》一卷，均佚。

青玉案

东风夜放花千树。更吹落，星如雨。

宝马雕车香满路。凤箫声动，玉壶光转，一夜鱼龙舞。

蛾儿雪柳黄金缕，笑语盈盈暗香去。

众里寻他千百度，蓦然回首，那人却在，灯火阑珊处。

品词

辛弃疾被迫罢官隐退于江西上饶，仍旧希望朝廷转变政策，重新启用他。全词着力描写了正月十五元宵节观灯的热闹景象，词人在热闹的元宵之夜寻找心仪的女子。正在苦寻无果的时候，却发现所寻之人正在寥落的街角。词人当时的处境及之前的经历，可知词中别有所托，即寓意心仪女子为当今圣上，希望得到朝廷的认可，大展宏图。

元宵之夜，热闹异常。满城的灯火，像是东风把千树万树的花吹得开放了，花灯璀璨夺目，使人应接不暇；焰火纷纷点燃，在空中绽放，乱落如雨。夜晚恍若白昼，光华满地，如梦如幻，美不胜收。全城的百姓都出动了。富贵族人家乘坐华丽马车，外出观灯，车马过处带过一阵芬芳。箫声悠扬，月光流转，彩灯舞动，彻夜不息。词人从视觉、嗅觉、听觉多个角度为读者呈现了一派绚丽热闹的节日气象。

“蛾儿雪柳黄金缕，笑语盈盈暗香去”中的蛾儿、雪柳、黄金缕，是指女子头上的装饰品，代指盛装的妇女。古代妇女身上，带着装有香料的物品，她们走过处，会留有淡淡香气，令人心驰神往。纵然这般美好，词人之心却难以感动。他心中所想另有其人。“众里寻他千百度，蓦然回首，那人却在，灯火阑珊处。”词人在茫茫人海寻找那人千百次，都没看见她，失魂落魄之际不经意间的一回头，却看见了她立在灯火零落稀疏的地方。没有艳丽的色彩，风流的体态，馥郁的香味，灯火辉煌中，众人沉醉时，她静静地一个人站在寥落的街角，超脱而有所期待。她是与众不同的，欢庆热闹的街市成了她孤清独立的背景，含蓄地反映了词人在政治上屡受打击，却始终不肯与投降派同流合污，甘愿寂寞的高洁情操。

词人描写了元宵之夜的热闹和欢乐，许多贵族女子争奇斗艳，但词人寻找的不是这些，全篇的华丽都是为了衬托寥落中的她。全词构思精妙，婉转灵动，韵味无穷。

满江红

倦客新丰，貂裘敝、征尘满目。
弹短铗、青蛇三尺，浩歌谁续。
不念英雄江左老，用之可以尊中国。
叹诗书、万卷致君人，番沉陆。
休感叹，休感慨，浇醽醁。
人易老，叹难足。
有玉人怜我，为簪黄菊。
且置请缨封万户，竟须卖剑酬黄犊。
叹当年、寂寞贾长沙，伤时哭。

品词

此词作于辛弃疾闲居上饶，担任有名无实的祠官时。词人尽吐怀才不遇、壮志难酬的悲愤，言辞辛辣，笔锋锐利，令人为之叹惜。

“倦客新丰”该句讲的是马周。马周不得志，落魄于新丰。“貂裘敝、征尘满目”是说苏秦貂裘破败，游说秦

王不成，归来时征尘满目。词人的遭遇正与马周、苏秦相类，壮志难酬，心中悲愤。“弹短铗、青蛇三尺，浩歌谁续。”齐人冯谖为孟尝君门下客，屡受轻视，为了得到重用，三次弹铗作歌：“长铗归来乎！食无鱼……”孟尝君终于礼遇冯谖，看而今，词人空有报国之心而不受重用，想要一展才能而没有机会，古之君子不再，自己空有抱负却难以施展，发出“浩歌谁续？”的感叹。

“不念英雄江左老，用之可以尊中国。”感叹古人之后，再看当时现状。南宋偏安的江南地区在中原称尊，不思驱逐金人，恢复中原，却只偏安江南，苟且一隅。如词人之流的英雄人物壮志难酬，北伐无望。读书万卷，志在辅佐君王，报效国家，而今自己却做着闲官像隐居一样，看年华老去，怎不感叹悲伤！忧国伤时，激愤之情，力透纸背。

词人失望之极下，只得强颜欢笑，故作超脱。所以旷达之语，字里行间仍充满沉痛悲愤。“休感慨，浇醽醁”是说感慨有何用，不如借美酒以消愁解恨。人生易老，即使欢乐也难以尽兴。词人之心本不在享受美酒之上，词人之志，只在安江山保社稷之中。满腔英雄气，空对美酒杯，一饮十分恨，感慨有余哀！“有玉人怜我，为簪黄菊”是说美人不懂得什么英雄功业，却看到词人苦痛难抑，顿时生出恻隐之心。词人如此愁苦，是因为年华一去不复返，老来更觉万事空。此处化用苏轼词“美人怜我老，玉手簪黄菊”。下句

“且置请缨封万户，竟须卖剑酧黄犊”暂且放下请缨杀敌、立功封侯的念头，卖剑买牛，终老山林算了。忠君报国的英雄竟要如此度日，失望沉痛之情，催人泪下。词人借用典故，以古人之心衡量现在的处境，感慨更深。《汉书》卷六十四下《终军传》：“军自请：愿受长缨，必羁南越王而致之阙下”。又《汉书》卷八十九《龚遂传》：“遂见齐俗奢侈，好末技，不田作，乃躬率以俭约，劝民务农桑……民有带刀剑者，使卖剑买牛，卖刀买犊”。

“叹当年，寂寞贾长沙，伤时哭”是说贾谊才华满腹，以时见忌，曾被贬为长沙王太傅，人称贾长沙。《汉书》卷四十八《贾谊传》：“谊数上疏陈政事，多所欲匡建，其大略曰：‘臣窃惟事势，可为痛哭者一，可为流涕者二，可为长太息者六，若其它背理而伤道者，难遍以疏举’。”被贬长沙的贾谊为什么因寂寞而伤时痛哭呢？词人为什么一直故作旷达而始终无法摆脱痛苦呢？他与贾谊之间有什么共同之处？贾谊的感叹和痛苦难道不正是词人的感叹和痛苦吗？满腔愤懑之情终于在结尾一句反问中倾泻而出。

结合词人一生的际遇及当时的时代背景，可以更好的理解本篇。词人空负一腔爱国志，不得施展，却在词作方面成为大家，被称为“英雄之词”。正是“不能尽展其才，一腔忠愤，无处发泄……故其悲歌慷慨，抑郁无聊之气，一寄之于其词。”

水龙吟·过南剑双溪楼

举头西北浮云，倚天万里须长剑。
人言此地，夜深长见，斗牛光焰。
我觉山高，潭空水冷，月明星淡。
待燃犀下看，凭栏却怕，风雷怒，鱼龙惨。
峡束苍江对起，过危楼，欲飞还敛。
元龙老矣！不妨高卧，冰壶凉簟。
千古兴亡，百年悲笑，一时登览。
问何人又卸，片帆沙岸，系斜阳缆？

品词

祖国山河广阔壮丽，吴越秀丽，闽粤瑰奇……到处呈现不同风格的美景。古往今来多少文人骚客，创作了多少名篇佳作来歌颂赞叹。本词是词人登临之际写景书愤之作。

南剑双溪楼就是宋代的南剑州，属福建。这里有剑溪和樵川二水，环带左右。双溪楼正在二水交流的险绝处。高楼上入青冥，千丈奇峰峥嵘，词人登楼怀古见到这样雄奇瑰丽的景色，不得不称奇道异。抬头向西北望去，浮云悠悠，想要凭天而立，需要长剑的帮助。词人渴望万里倚天长剑去斩杀敌人，收复河山，报效国家。周围的环境清冷而肃杀，山势高耸，潭水空灵寂然不动，不觉寒意起，毛发立。人们常说夜深之后，这里可以看到牛斗星宿出现奇异的光焰，如同平延津的故事一样，这里恐怕埋藏有罕见的宝剑。词人想要劈波斩浪取出水中神剑，要燃犀下去一探究竟，走近栏干一望，但见风雷怒吼、鱼龙游动。剑、山和词人融在一起，其想象雄奇，气势如虹。词人以鬼斧神工的笔力，把景写得寒芒四射，凛凛逼人，从静止的肃杀冷寂进入到惊心动魄的境界，字里行间，透着虎虎生气。

高峡与大江对峙，走在高高的楼上，“欲飞还敛”，恰如词人身负凌云壮志却不得施展。词笔刚中带韧，工致凝练。“元龙老矣！不妨高卧，冰壶凉簟”中的元龙即陈登。写陈登年事已高，不如舒服地躺卧在竹席上，品尝美酒。这时辛弃疾已年过五旬，任福建提点刑狱之职，已是无从施展收复中原的抱负了。词人以三国时的陈登自比，感叹英雄已老，不得不隐退，但心有不甘。以淡泊之语，恬静之词，勉强抑制自己报效国家、收复山河的壮志，看似轻松，而更见悲凉。 小船轻浮恰似南宋偏安一隅，享受黄昏中的安适。“问何人”貌似随意发问，实是深沉感叹。自己想要收复河山，朝廷却安于一方，真是有心无力啊！

词人将在南剑州看到的风景与心中的志向和命运结合在一起。风物的肃杀凄凉和内心的苦涩难言，自己的雄心壮志与环境的狰狞动荡，形成张力，借景抒情，物我合一，景色波澜壮阔，情感沉郁苍凉，感人肺腑。

摸鱼儿

淳熙己亥，自湖北漕移湖南，同官王正之置酒小山亭为赋。

更能消、几番风雨，匆匆春又归去。
惜春长怕花开早，何况落红无数。
春且住，见说道、天涯芳草无归路。
怨春不语。
算只有殷勤，画檐蛛网，尽日惹飞絮。
长门事，准拟佳期又误。
蛾眉曾有人妒。
千金纵买相如赋，脉脉此情谁诉？
君莫舞，君不见、玉环飞燕皆尘土。
闲愁最苦！
休去倚危栏，斜阳正在、烟柳断肠处。

品词

宋孝宗淳熙六年（1179年），词人由水路从湖北迁移到湖南，与当地官员王正之在小山上的亭子中喝酒，作了这首词。辛弃疾自绍兴三十二年（1162年）渡淮水投奔南宋，17年中，他抗

击金军、恢复中原的主张，始终没有被南宋朝廷所采纳。这时辛弃疾已经四十岁，任运副使。转运使亦称漕司，是主要掌管一路财赋的官职，对志在收复山河的辛弃疾来说，当然不能尽快施展他的才能和抱负。所以当同僚置酒为他饯行时，他写了这首词，抒发了胸中的郁闷和感慨。

“更能消、几番风雨？匆匆春又归去”是说如今已是暮春时节，再有几次风雨，春天便要真的去了。“惜春长怕花开早”是说由于担心春去花落，甚至害怕花开得太早，而此时已经落花满地。面对正将逝去的“春”，词人不禁疾呼：春天啊，你且止步吧，听说芳草已铺到了天涯海角，遮断了你归去的路！但是春天不回应，依旧离去了。怨恨春天不回应，倒还是那檐下的蜘蛛，辛勤织网，终日粘惹飞絮，留住了一丝春意。词人实有意自拟为蜘蛛，委婉地表达出词人对国家的耿耿忠心。这里词人表达了虽然位微权轻，但为尽力，仍然“殷勤”而为。

下句是写美人迟暮，英雄老矣。陈皇后因妒忌而被打入冷宫——长门宫，失宠于汉武帝。词人自己也是如此失意。自古便有蛾眉见妒的先例，纵然以千两黄金买得司马相如的《长门赋》，却仍未能打动汉武帝，脉脉深情无人倾诉。正如现在，小人当道，贤者无进身之阶。那些妒忌别人而进谗言取得当今圣上宠幸的人，你们不要太得意忘形了，没见曾经极其得宠的杨玉环和赵飞燕后来都死于非命吗？“皆尘土”，是用《赵飞燕外传》附《伶玄自叙》中的语意。伶玄妾樊通德能讲赵飞燕姊妹故事，伶玄对她说：“斯人俱灰灭矣，当时疲精力驰骛嗜欲蛊惑之事，宁知终归荒田野草乎！”词人精神上的不可倾诉的郁闷，苦涩难当，无聊的愁情最苦，不要用凭高望远的方法来排消郁闷，因为夕阳余晖斜照暮霭笼罩着的杨柳，这样的场景更令人伤心断肠。词人看当时的南宋朝廷日薄西山、前途暗淡，十分惆怅，也因自身不被重用而落寞。

词人伤春怨春，见落花而触动情肠，见春逝而别有怀抱。国事正如三春事，匆匆过去，不可挽留。新愁旧恨相继，却无人倾诉。宋人罗大经在《鹤林玉露》中说：“辛幼安晚春词：‘更能消、几番风雨’云云，词意殊怨。‘斜阳烟柳’之句，其与‘未须愁日暮，天际乍轻阴’者异矣。……闻寿皇见此词颇不悦。”可见这首词流露出来的对国事、对朝廷的忧虑之情是何等强烈。

水龙吟·登建康赏心亭

楚天千里清秋，水随天去秋无际。

遥岑远目，献愁供恨，玉簪螺髻。

落日楼头，断鸿声里，江南游子。

把吴钩看了，栏干拍遍，无人会、登临意。

休说鲈鱼堪脍，尽西风、季鹰归未？

求田问舍，怕应羞见，刘郎才气。

可惜流年，忧愁风雨，树犹如此！

倩何人、唤取红巾翠袖，揾英雄泪！

品词

宋孝宗乾道四至六年（1168~1170年）间辛弃疾任建康通判时，南归已八九年了，却仅为建康通判，报国之愿迟迟不得实现。建康（今江苏南京）是东吴、东晋、宋、齐、梁、陈六个朝代的都城。赏心亭是南宋建康城上的一座亭子。词人站在赏心亭，看到楚江东去，江天辽阔，远山青翠，落日西下，愁绪渐起。慨叹为国心事，伤心终成虚幻。词人无可奈何，只能在登临周览之际，一抒郁结心头的悲愤之情。

词人站在赏心亭上，举目四望，但见楚天空阔，秋色辽远，浩浩荡荡奔流不息的长江随漫天秋色滚滚远去。天际茫茫，天水交融，难以分出界限。群山青翠可爱，有的像美人头上插戴的玉簪，有的像美人头上螺旋形的发髻，景色虽算得上美景，但却只能引起词人的忧愁和愤恨。皮日休《缥缈峰》诗："似将青螺髻，撒在明月中"，韩愈《送桂州严大夫》诗有"山如碧玉"之句（即簪），是此句用语所出。远处看到的山是长江以北沦陷区的山，本来是青翠可人，可以娱情悦目，但是沦入异族之手的山河愈壮丽，想要收复失地的词人心里就愈愁恨，以美景写愁情，愁更愁。

"落日楼头，断鸿声里，江南游子"是说眼睁睁看着太阳渐渐西沉，南宋国势衰颓无可挽回。失群的孤雁，声声惨厉飞过高空，词人想起自己飘零的身世，孤寂的心境正像这只大雁一般。词人以"江南游子"自称，是有缘故的。辛弃疾原是以宋朝为故国，以江南为家乡的。可是南归后南宋统治者根本无北上收复失地之意，而南宋的有志之士也不把词人看作志同道合之人，对他一直采取猜忌排挤的态度，致使他觉得在江南真的成为游子了。

"把吴钩看了，栏干拍遍，无人会、登临意"是词人直抒胸臆，表现了词人此时的思潮澎湃。反复观看吴钩，也难以施展它在战场上杀敌的作用，情绪悲愤，将栏干拍遍，也没有人理解词人登临解愁的心思，这句淋漓尽致地抒发自己报国无路、壮志难酬的悲愤。杜甫《后出塞》诗中就有"少年别有赠，含笑看吴钩。""钩"，本应用在战场上奋勇杀敌，而现在却闲置身旁，只作赏玩，真是无处用武，这就把辛弃疾虽有沙场立功的雄心壮志，却是英雄无用武之地，内心极度苦闷，只能借拍打栏杆来抒发内心的愤怒。据宋王辟之《渑水燕谈录》记载，一个“与世相龃龉”的刘孟节曾经作诗说“读书误我四十年，几回醉把栏干拍。”“栏干拍遍”是胸中有郁结苦闷之气，借拍打栏干来发泄。

“休说鲈鱼堪脍，尽西风、季鹰归未”是说晋人张翰（字季鹰）在洛阳做官，见秋风起，想到家乡鲈鱼脍，便弃官回乡。词人虽然知道“无人会、登临意”，但也绝不会贪恋生活享受，学张翰那样忘怀国事，弃官归乡。“求田问舍，怕应羞见，刘郎才气”，“刘郎”指三国时刘备，这里泛指胸有大志之人。三国时许汜去看望陈登，陈登对他很冷淡，自己睡在大床上，叫他睡床下。许汜询问刘备，陈登为何如待带他。刘备正色回答说：“现在天下大乱，你却忘怀国事，求田问舍，陈登当然瞧不起你。如果是我，我将睡在百尺高楼上，叫你睡在地上，岂止相差上下床的区别呢？”辛弃疾借此表明自己不愿像许汜那样“求田问舍”，忘却国事，只想家事，被刘备那样的英雄耻笑，使自己羞愧。“可惜流年，忧愁风雨，树犹如此”也暗含一个典故。据刘义庆《世说新语·言语》记载：桓温北征，经过金城，见自己过去种的柳树已长到几围粗，便感叹地说：“树都已经长得这么高大了，人怎么能不衰老呢！”时光飞逝。辛弃疾功业未成，却年华老去，不由得发出时不我待的感慨，抒情曲折，感人泪下。

“倩何人、唤取红巾翠袖，揾英雄泪！”在宋代，一般游宴娱乐的场合，都有歌妓在旁唱歌侑酒。辛弃疾心中苦闷，不为他人理解，不禁问：凭靠谁，去请那红巾翠袖的歌女，来为我擦掉英雄失意的眼泪！壮志未酬，世不知我，英雄迟暮，怎不叫人黯然泪下！

登临送目看大江东去，江山多娇，愁上心头。黄昏来临，大厦将倾，纵有救国之才，奈何“无人会、登临意”，“可惜流年，忧愁风雨”正是辛弃疾一生写照。

水龙吟·甲辰岁寿韩南涧尚书

渡江天马南来，几人真是经纶手？

长安父老，新亭风景，可怜依旧。

夷甫诸人，神州沉陆，几曾回首？

算平戎万里，功名本是，真儒事，公知否？

况有文章山斗，对桐阴、满庭清昼。

当年堕地，而今试看，风云奔走。

绿野风烟，平泉林木，东山歌酒。

待他年，整顿乾坤事了，为先生寿！

品词

淳熙十一年（1184年），当时辛弃疾正罢居带湖。韩南涧尚书，曾任吏部尚书的韩元吉，时逢他67岁寿辰，辛弃疾填词一首祝寿。

“渡江天马南来，几人真是经纶手？”西晋亡，晋元帝司马睿偕西阳、汝南、南顿、彭城四王南渡，在建康建立东晋王朝，做了皇帝。时童谣云：“五马浮渡江，一马化为龙。”此借指宋高宗南渡。宋朝南迁后，统治者只知道苟且偷安，根本不思进取，没有人想着筹划治理国家。王安石《祭范颍州文》：“盖公之才，犹不尽试。肆其经纶，功孰

与计？”辛弃疾曾作《美芹十论》、《九议》向皇帝、宰相献策；韩元吉亦有《论淮甸札子》、《十月末乞备御白札子》向朝廷进言。故论治世，经纶之才，韩、辛两人都当之无愧，只是不得重用。

“长安父老，新亭风景，可怜依旧！”“长安父老”的故事据《晋书》卷九十八《桓温传》记载是这样的：桓温率军北征，路经长安市东（古称霸上，即咸阳），“居人皆安堵复业，持牛酒迎温于路中者十八九，耆老感泣曰：‘不图今日复见官军’”！此指金人统治下的中原百姓。“新亭风景”的故事来自《世说新语·言语篇》：东晋初年，“过江诸人，每至美日，辄相邀新亭，藉卉饮宴。周侯中坐而叹曰：‘风景不殊，正自有山河之异！’皆相视流泪。”北宋灭亡，沦陷金人之手的中原父老盼望朝廷北伐收复失地；而南渡的士大夫们，感叹山河变异“可怜依旧”。“夷甫诸人”也是一个典故：夷甫指的是王衍，他字夷甫，是西晋时的宰相。他不理国事，以致亡国，这里用他代表主和派。今日南宋朝廷偏安之局仍未改观，中原山河仍未收复，辛弃疾认为中原的沦陷，是朝臣误国的结果。词人针砭时弊，情绪低沉，爱国忧国之情自然流露。

“算平戎万里，功名本是，真儒事，公知否？”辛弃疾认为驱除外敌，建功扬名，才是我辈儒者真正应该做的事。此处笔锋振起，辛弃疾勖勉韩氏。

词人接着对韩元吉说："况有文章山斗，对桐阴、满庭清昼。"北宋韩氏为大族，韩南涧属桐木韩家一支，著有《桐阴归话》述其家世。韩氏一家都是清廉正直、光明磊落的君子。韩南涧从小就受到这样良好的家庭教育，才华与声望并举。韩南涧出生时，国家就遭受敌人的侵略，他过着丧国亡家的流浪生活，现在看看这个风云多变的国家，是为它奔走操劳，大显身手的时候了。

"绿野风烟，平泉草木，东山歌酒"连用三典：一、"绿野风烟"指的是唐文宗时，裴度"治第东都集贤里，沼石树丛，岑缭幽胜。午桥作别墅，具燠馆凉台，号绿野堂，激波其下，……不问人间世"；二、"平泉草木"指的是"李德裕东都平泉庄，去洛城三十里，卉木台榭，若造仙府。远方之人多以异物奉之"；三、"东山歌酒"指的是"安虽放情丘壑，然每游赏，必以妓女从"。当时谢安寓居会稽东山。现在韩氏和自己就像历史上三位贤相一般闲居山林，空有报国之心，但对国家大事却无置喙的余地。只是以东晋谢安、唐代裴度、李德裕喻韩元吉和自己，不但因为当时的处境，与谢、裴、李三人的某一时期相似，而且还蕴涵着更深一层意思：谢安淝水大破苻坚军，裴度智平淮西吴元济之乱，李德裕勇平泽潞刘稹之乱，这三人都建立了不朽的功勋。"待他年，整顿乾坤事了，为先生寿"是写等到外敌驱尽，国家安定时，我再来为您祝寿。词人壮怀激烈，劝勉友人中尽抒词人心怀壮志，爱国忘己，对未来充满豪情的英雄情怀。

辛弃疾的寿词别开生面，除下片略有些颂祷味道外，其他都是借典发挥，贴切有力，因爱国忧国而抒发感慨。本次指点江山文字激昂，感情沉着痛快，不负辛词“慷慨纵横”、“不可一世”之评。

陆游词

陆游小传

陆游（1125~1210年）字务观，号放翁，山阴（今浙江绍兴）人，陆佃之孙。以荫补登仕郎。绍兴中试礼部，因为语言触犯秦桧，被罢黜。绍兴二十八年（1158年），始仕福州宁德县主簿，调福州决曹，迁大理司直。宋孝宗即位，除枢密院编修官兼编类圣政所检讨官。史浩、黄祖舜荐以“善词章、谙典故”，朝廷赐进士出身。隆兴元年（1163年），张浚北伐，陆游为镇江通判。乾道元年（1165年）改隆兴府通判。二年（1166年）免归，卜居镜湖之三山。乾道五年差通判夔州。八年（1172年），四川宣抚使王炎辟为僕办公事，改成都府安抚司参议官，历蜀州通判，摄知嘉州、荣州事。淳熙二年（1175年），四川制置使范成大延置幕僚，宾主唱酬，人争传颂。因人讥其颓放，自号放翁。淳熙五年（1178年）东归。七年（1179年），奉祠归。十三（1185年）年，起知严州，历除军器少监，迁礼部郎中。宋光宗即位，兼实录院检讨官，旋即罢归山阴，闲居十余年。嘉泰二年，诏权同修国史、实录院同修撰，预修孝宗、光宗两朝实录，寻兼秘书监。次年归。居于山阴。嘉定二年卒，年八十六。

陆游与尤袤、杨万里、范成大为“中兴四大诗人”，其为“中兴之冠”，人呼为“小太白”。有《剑南诗稿》八十七卷、《渭南文集》五十卷、《南唐书》十八卷。词二卷，载于《渭南文集》。淳熙十六年（1189年），自编词集成，作《长短句序》云：“予少时汩于世俗，颇有所为，晚而悔之。然渔歌菱唱，犹不能止。”此后未尝绝笔，南宋词人刘克庄《后村诗话续编》云：“放翁长短句，其激昂慷慨者，稼轩不能过，飘逸高妙者，与陈简斋、朱希真相颉颃。流丽绵密者，欲出晏叔原、贺方回之上。”

感皇恩

小阁倚秋空，下临江渚，漠漠孤云未成雨。
数声新雁，回首杜陵何处？
壮心空万里，人谁许！
黄阁紫枢，筑坛开府，莫怕功名欠人做。
如今熟计，只有故乡归路。
石帆山脚下，菱三亩。

品词

陆游离蜀东归以前，秋日登阁览胜时，见到小阁临江，孤雁浮云，不禁感伤壮志未成，萌生归去之意。

“小阁倚秋空，下临江渚，漠漠孤云未成雨”是写初秋的阴天里，词人登上江边的一个小阁，仰望天空，看见云气迷蒙还没有浓结到要化成雨点的样子，俯视阁下可以看到江水和沙渚，境界是如此开阔辽远，静漠冷清，沉思往事，很是伤感。此句化用周邦彦《感皇恩》的“小阁倚晴空”和王勃的《滕王阁》“滕王高阁临江渚”。登高之时，心事早就存在；环境的开阔和清冷使得神思清醒而深邃，不禁想到生平志向未成的悲伤。

“数声新雁，回首杜陵何处”是说在一片孤寂冷清的氛围，几声大雁的叫声格外引人注目。又到一年的秋天，但是杜陵仍旧没有收复。“杜陵”，在长安城东南，秦时为杜县地，汉时为宣帝陵所在，故称杜陵，这里用杜陵指代长安。长安作为汉唐故都，是华夏强盛的象征，也是西北政治、军事的中心之地。陆游一直急切地盼望南宋统治者能从金人手里收复长安，但是回头看看长安在哪里呀！正是词人想到失地收复遥遥无期，心中无限感伤的表达。

陆游壮志难酬，归去的无奈感怀油然而生。“黄阁紫枢，筑坛开府。莫怕功名欠人做”中的“黄阁”是指宰相官署，卫宏《汉官旧仪》：“丞相听事阁曰黄阁”；“紫枢”，宋代的戎服多用紫色，故以紫枢指枢密院。“黄阁”、“紫枢”，指代宰相和枢密使，是宋代最高文武官吏。“筑坛”，语出汉高祖设坛拜韩信为大将的典故；“开府”，是开幕府，置僚属。在宋代，高级行政区的军政长官有此种权力。像将相这种高官不怕没有人去做，用不着自己这种怀抱壮志的人担当大任。

“如今熟计，只有故乡归路。石帆山脚下，菱三亩”是说现在再三思忖还是辞官东归，回到故乡山阴的石帆山下，去种三亩菱为生。词人壮志难酬，心灰意冷只能选择归隐，甚至连归隐后的生活都设想好了——江南水乡可以去采采菱，安适而惬意。若是真到了那种环境里，只怕是表面上景美情淡，实际上却是内心愤激痛苦到极致。隐退后的闲散生活更是反衬出了词人如今情感的凄苦。

词人站在小阁，因秋天的到来格外失意，希望可以用归隐的办法来解决理想与现实的矛盾。情景结合，意境曲折。淡淡的笔触中隐含着浓烈深沉的情感，使人读之不觉感慨万千。

鹧鸪天

家住苍烟落照间，丝毫尘事不相关。
斟残玉瀣行穿竹，卷罢黄庭卧看山。
贪啸傲，任衰残，不妨随处一开颜。
元知造物心肠别，老却英雄似等闲！

品词

乾道二年（1166年）陆游42岁，以言官弹劾谓其“交结台谏，鼓唱是非，力说张浚用兵”，免隆兴通判，始卜居镜湖之三山。这首词和其他两首《鹧鸪天》（两首开头句分别为：插脚红尘已是颠、懒向青门学种瓜），都是在这期间写下的。

“家住苍烟落照间，丝毫尘事不相关”是说他居住的环境非常闲逸，夕阳西下，炊烟袅袅。“苍烟落照”，不禁让人联想起陶渊明《归园田居》里的“蔼蔼远人村，依依墟里烟”，充满着平静安宁的氛围。正是这优美而纯净的居处环境，更加让人厌恶龌龊的仕途。词人心性清洁，既然无法为国为家思谋，干脆与尘世毫不相关，一心一意、安心踏实地过隐居生活。“玉瀣”是一种美酒的名称，明人冯时化在《酒史》卷中写有：“隋炀帝造玉瀣酒，十年不败。”“黄庭”是道经的名称，《云笈七籤》胡《黄庭内景经》、《黄庭外景经》、《黄庭遁甲缘身经》，都是道家谈论养生之道的书。“饮罢玉瀣”就在竹林中散步；带着卷轴的《黄庭》边走边卷，累了就躺下来观赏山中美景。词人隐居之后，居住在如此优美的环境，过着闲适的日常生活，仿佛心中很是惬意。

“贪啸傲，任衰残，不妨随处一开颜”是写词人生活安逸，狂放不受拘束，比如郭璞《游仙诗》：“啸傲遗世罗，纵情在独往。”陶渊明《饮酒》其七：“啸傲东轩下，聊复得此生。”词人贪恋这种洒脱舒适的生活，任凭终老山林，何不尽情享受生活随遇而安呢？词人看似旷达到极点，其实是消沉到极点。嘴上说是“不妨”，心中的痛苦却难以表达。

“元知造物心肠别，老却英雄似等闲”是对词人现今处境的解释。原先就知道造物者无情，心肠与常人不同，它眼睁睁看着英雄衰老死去，却无动于衷。如果不是命运，如何自己满腔热血不能驰骋沙场，只能郁结心中草草了此一生？这般境况，对上天怎么能不心怀怨恨？南宋统治者无心收复中原，英雄老去而无用武之地，只能闲居山间，虚度光阴，最终郁郁老去，对统治者怎么能不生出愤恨？

词人隐居生活闲适，心中蕴藏的那股抑郁不平之气终于按捺不住，流露出来。词人之超脱尘世，实在是无奈之举。刘克庄《后村诗话续集》把陆游的词分为三类：“其激昂慷慨者，稼轩不能过；飘逸高妙者，与陈简斋、朱希真相颉

颃；流丽绵密者，欲出晏叔原、贺方回之上。”词人清高飘逸之气，浩浩然如风过平原，而慷慨之心，数番压抑也会泄出，凄凄然如易水送别。

卜算子·咏梅

驿外断桥边，寂寞开无主。

已是黄昏独自愁，更着风和雨。

无意苦争春，一任群芳妒。

零落成泥碾作尘，只有香如故。

品词

梅花高洁而自持，恰与文士的心态相似，陆游很是喜欢。陆游曾经称赞梅花“雪虐风饕愈凛然，花中气节最高坚”。梅花凌寒独自开、不与百花争宠邀媚的品性，代表了陆游坚持理想，绝不与小人为伍的坚定信念，同时也写出他艰难的处境。

“驿外断桥边，寂寞开无主”是写清幽绝俗的梅花开在郊野驿站外破败不堪的“断桥”边，既无人爱护，也无人欣赏，静默无言中尝尽孤独。“已是黄昏独自愁，更着风和雨。”黄昏暮色中，梅花孑然一身，无人问津，寂寞愁苦中更有凄风冷雨加袭，可谓备尝苦辛。周颐说：“词有淡远取神，只描取景物，而神致自在言外，此为高手。”梅花的清冷气质因环境的险恶而更加突出，更能显出梅花的“神韵”。黄昏的断桥边悄然独开、风雨加身的梅花，与主张抗金而遭受贬谪、孤立无援、饱受排挤和打击的词人是何其相像。

“无意苦争春，一任群芳妒”是写梅花开得最早，是它迎来了春天，但它却“无意苦争春”，只有迎春报春的赤诚。即使“群芳”有心妒忌，也就任由它们嫉妒吧！草木本无情，花开花落，原是自然现象。梅花的傲然和倔强，就在于它不同于百花的娇嫩柔弱，承受比百花更多的苦痛和寂寞。这种品质难能可贵，它代表的是一类人，是词人理想的化身。这里写物与写人错综交织，浑然一体。梅花的傲然倔强与词人的铮铮铁骨相得益彰，同时说明词人处境艰难，也绝不与小人同流合污的决心。

“零落成泥碾作尘”是说面对寂寞无主、黄昏日落、风雨加袭等凄惨境遇，梅花总是梅花，不管是忍受狂风骤雨的摧残，纷纷凋落，还是落花委地，与泥水混杂，或是无情摧残，裹入泥水的落花再次被践踏，最终化作尘土，都不曾妥协。梅花的命运之悲惨可见并非一般，其遭遇引人同情。但梅花即使凋落了，被践踏成泥土，被碾成尘灰，那股幽香依然如故，高洁的品质绝不会改。这样的梅花怎能不让人心折！词人倾心梅花，是因为词人亦有此种气节，不论受到怎样的打击，也不改心志的信念，即使粉身碎骨，也不改变初衷。梅花的悲惨是背景，它的风骨才是核心。

陆游写的是驿路断桥边的梅花遭受霜欺雪压，遭受众人冷遇、折磨，但是愈冷愈香，玉骨冰肌、高洁动人。梅花之心与词人之志达到内在的统一，蕴含深意而又不着一字。

钗头凤

红酥手，黄滕酒。
满城春色宫墙柳。
东风恶，欢情薄。
一怀愁绪，几年离索。
错，错，错！
春如旧，人空瘦。
泪痕红浥鲛绡透。
桃花落，闲池阁。
山盟虽在，锦书难托。
莫，莫，莫！

品词

陆游当初娶了同郡唐氏士族的大家闺秀唐琬。婚后，二人“伉俪相得”，“琴瑟甚和”。不料，陆母却对儿媳很不满意，甚至逼迫陆游休弃唐氏。陆游百般哀求，但陆母还是不同意，二人终于被迫分离。唐氏改嫁“同郡宗子”赵士程，陆游与唐氏彼此之间也就音讯全无了。数年后，陆游在

家乡山阴城南禹迹寺附近的沈园，与偕夫同游的唐氏邂逅。唐氏得到后夫同意后，遣人送酒肴给陆游以致意。陆游见人感事，心中感慨万千，遂乘醉吟赋此词，题于沈园壁之上。回忆往昔，反观现在，二人眷恋之深和分离之痛，抒发了词人怨恨无名，愁苦难言的凄楚心情。

“红酥手，黄滕酒。满城春色宫墙柳”是写陆游回忆往昔美满的爱情生活。青春年少结成夫妻，唐婉肌肤细腻而红润，不似现在的憔悴模样，含着笑，殷勤地为词人斟上美酒，词人为唐婉吟诗赋词，两人相敬如宾，情感深厚。在春色满城的春日里，二人携手同去沈园赏玩春色。

下句写东风做恶人，春光短暂，欢乐更少。陆母不满唐婉，悍然剪断欢情。可是词人与唐婉的感情那样深厚，拆解开来是何等锥心刺骨的伤痛啊！母亲是至亲，陆游怨恨无名，天意难违，想要改变命运也是不可能的，苦闷无处可诉，只能以摧残美好春景的东风作喻发泄心中郁结。对美好爱情生活遭到破坏的陆游无限悲愤和惋惜，伤痛之余，也是感叹二人情缘不够。恩爱夫妻被迫分离，几年的离别生活使两人心中都积满了离愁别恨，然而却无法诉说。“错，错，错”，一连三个“错”字，语气短促，连迸而出，使感情依次增强。痛心的感叹中含有词人的强烈控诉之情。但这到底是谁的错呢？是母亲不理解他？是他当初“不敢逆尊者意”？还是命运捉弄？还是兼而有之？他不得而知。

沈园里春天早去了三之二，两人偶然重逢 ，心里都是一片惘然，仿佛经历的痛苦和折磨是一场梦幻。“春如旧，人空瘦，泪痕红浥鲛绡透”是写陆游沈园重逢唐氏时，抬头所见，心上人温婉柔情一如曾经，但是“几年离索”给她带来的巨大痛苦，让他痛心。她还是美丽的，与以前的红润健康相比，唐氏憔悴了许多，是不是这么多年是她伤心离别，每日泪湿罗帕的缘故？陆游离别多年，相思多年，两人之间仍是情思缠绵不断，推己及人也能想到唐氏也是旧情不断，相思不舍，要不然，又怎么会如此消瘦呢？相思无用，消瘦无益，但情之所钟却不能自已。词人的怜惜之情、抚慰之意、痛伤之感全都无补于事，只能徒然的折磨自己全。

“桃花落，闲池阁”是写尽管同样是春天，现在的沈园内桃花凋谢，池阁闲置，一派清冷。美好的春光已经过去。正如人生中美好的日子也已经一去不复返，景色的更迭中隐含人事的变换，分手之后，再也没有完聚的机会，故地重逢的惊喜中满含了辛酸与凄凉。“山盟虽在，锦书难托。莫，莫，莫！”这时的陆游，内心非常矛盾：他对唐氏仍然深爱于心，但是现在两人都已各自婚嫁，为礼法所限，再也不能向她表示他的爱意了。以前的誓言仍旧在耳畔回响，但现在甚至连写情书也是不能够了，还能够怎么办呢？词人痛苦不堪，感叹之外，只能无奈地接受这一个悲剧的现实。陆游连声悲叹：“罢了！罢了！罢了！”，和上片的“错，错，错”的悔恨相呼应，悲伤之情，难以言传。

词人前后的喜悦和痛苦，欢乐与后悔，甜蜜与失落相互对比，节奏急促，声情凄紧，“错，错，错”和“莫，莫，莫”先后两次感叹，百转千回，感人至深。前人评论陆游《钗头凤》词时说“无一字不天成”。正因为陆游亲身经历了这段刻骨铭心的爱情悲剧，所以才有这流传千古的绝唱之词。

谢池春

壮岁从戎，曾是气吞残虏。
阵云高、狼烽夜举。
朱颜青鬓，拥雕戈西戍。
笑儒冠、自来多误。
功名梦断，却泛扁舟吴楚。
漫悲歌、伤怀吊古。
烟波无际，望秦关何处？
叹流年、又成虚度。

品词

陆游晚年闲居家中，这首词作是他回忆南郑幕府生活的情景。乾道八年（1172年），当时陆游48岁，由夔州（今四川奉节）通判转任四川宣抚使王炎幕下的干办公事兼检法官。同年，因王炎被召还，幕府遭解散。宣抚司治所在南郑（今陕西汉中），是当时西北前线的军事要地。陆游在南郑，虽然主管的是文书、参议一类工作，但他也曾戎装骑马，随军外出宿营，参加过一些军事活动，所以他自认为过的是从军生活。这种生活符合他杀敌报国，收复山河的理想，可以说短短不到一年的南郑生活，是他一生最适意、最爱回忆的经历。那时的陆游意气风发，抱有"莫作世间儿女态，明年万里驻安西"一举收复西北失地的雄心豪情。

"壮岁从戎，曾是气吞残虏。阵云高、狼烽夜举。朱颜青鬓，拥雕戈西戍"，年壮之时参军，曾经有过杀尽敌虏的豪迈气魄。天上云烟阵阵，是那烽火狼烟被点着了。年轻健壮的小伙子，带着精心准备的武器去西面戍边，奋勇杀敌。这些场景都可以从陆游的其他诗句中得到印证：如《书事》中的"云埋废苑呼鹰处，雪暗荒郊射虎天"，《蒸暑思梁州述怀》中的"柳阴夜卧千驷马，沙上露宿连营兵。胡笳吹堕漾水月，烽燧传到山南城"等。这几句词写得极为豪壮，使人读之不禁被他的豪情感染，但豪情也仅止于此。"笑儒冠、自来多误"，词人《观大散关图有感》的"上马击狂胡，下马草军书。二十抱此志，五十犹癯儒。……丈夫毕此愿，死与蝼蚁殊。志大浩无期，醉胆空满躯"，则可作为本句内容的注脚。陆游感慨军旅生活的消失。那时讥笑：自古儒生不参军报效国家，岂不是把大好的青春都浪费了，却想不到很快就成了自己当年讥笑的儒生，而且还一直做到现如今老去。这种想法犹如一桶冷水，将词人所有的豪气与热情都浇熄了。

“功名梦断，却泛扁舟吴楚”是说杀敌报国的梦想落空了，他只能隐居家乡，在镜湖上泛舟，自我解闷消遣。是何等的无奈。词人的《鹊桥仙》词中写到的“华灯纵博，雕鞍驰射，谁记当年豪举？酒徒一半取封侯，独去作江边渔父”，《渔父》词中写到的：“石帆山下雨空濛，三扇香新翠箬逢。苹叶绿，蓼花红，回首功名一梦中”，意境相同，只是说得本词更为简淡些，伤感落寞尽书纸上。“漫悲歌、伤怀吊古”，是写词人无事可做，只能唱悲歌，凭吊古人了，词人心中的郁闷愁苦悉数体现在这些日常活动中。“烟波无际，望秦关何处？叹流年、又成虚度”是写词人看着一望无际的水面，又想到此刻边关战事如何了呢？只能感叹：自己又虚度了不少。江南的美景不仅不会使词人的心情得到宽慰，却更使词人倍感年华的虚度，而词人对边关战事的关注牵挂更加浓烈。词人为何关注秦关、汉苑？正如他的《洞庭春色》词中写的：“洛水秦关千古后，尚棘暗铜驼空怆神。”《闻雁》诗中写的：“秦关汉苑无消息，又在江南送雁归。”这些河山迟迟无法收复，陆游看到秋天到来，边关将会吃紧，爱国忧国的思虑，使得他不甘闲居，渴望亲上前线收复失地。

词人回忆少年驰骋沙场，意气风发，以为能够建功立业，为国分忧。却没想到现在将大好年华轻轻放过。观古怀今，情感慷慨激昂转为沉痛感伤，这种压抑的深沉让人动容。

诉衷情

当年万里觅封侯，匹马戍梁州。

关河梦断何处？尘暗旧貂裘。

胡未灭，鬓先秋，泪空流。

此生谁料，心在天山，身老沧洲。

品词

陆游晚年退居山阴以后，他已年近70。词中有对年轻时代军旅生活的追忆，有理想落空的无奈，有英雄迟暮的悲凉，更有对收复失地的念念不忘，表现了他的爱国情操和现实中人老去的无奈情感。

“当年万里觅封侯，匹马戍梁州”是追忆往昔，再现了陆游当时意气风发、慷慨报国的勃勃英姿。乾道八年（1172年），那时陆游来到南郑，投身到四川宣抚使王炎幕下。在前线，他曾亲自参加过对抗金兵的遭遇战。词人也曾经学习班超投笔从戎、立功异域“以取封侯”的行为，奋勇杀敌报国，一心要建功立业。那豪气飞扬、激动人心的军旅生活至今仍时时入梦，这是词人强烈的愿望被压抑不能实现，积郁的情感得不到宣泄的结果。词人将思绪拉回现实：在南郑参战不到一年，词人就被调离，从此只能在梦中杀敌报国，而梦醒不知身何处，只有颜色暗淡了的旧时貂裘戎装提醒他梦中之事是真的发生过。可惜太遥远了，像是在梦中一般。强烈的情感落差，使他感情由慷慨化为悲凉。岁月的流逝，人事的消磨，词人不改志向，感伤今日，不觉惆怅。

“胡未灭，鬓先秋，泪空流”。金人尚未被驱逐，自己却已然老去，每每想到这些，只能暗自垂泪。词人内心失望和痛苦并不是偶然，南宋君臣偏安一隅、不思进取的现实，是不会允许词人实现理想的。男儿有泪不轻弹，只是未到伤心处，陆游之泪不是个人之泪，乃是国家之泪。

理想和现实的差距，沧桑而沉重。积贫积弱、日见窘迫的朝廷需要有志之士的报效匡扶，然而当权者昏庸苟安，有志之士不仅壮志难酬，还要遭受打击迫害，这不仅是陆游的悲哀，也是那个时代的悲哀。陆游通过当年意气风发和今日落魄潦倒的对比，抒发了壮志未酬，年华虚度的愤慨和感伤。词中今昔交织，而时空交错中，感情深沉悲壮，打动人心。

姜夔词

姜夔小传

姜夔（约1154~约1221年）字尧章，饶州鄱阳（今江西波阳）人。先世出九真姜氏（九真唐时属岭南道爱州，在今越南境）。姜夔早岁孤贫。二十岁后，北游淮楚，南历潇湘。淳熙十三年（1186年），结识萧德藻于长沙。泛湘江，登衡山，作《一萼红》、《霓裳中序第一》、《湘月》诸词。次年，姜夔随萧德藻同归湖州，卜居苕溪之上，与弁山之白石洞天为邻，后永嘉潘柽就为他取字曰“白石道人”。杨万里称他“于文无所不工，甚似陆天随（龟蒙）”，范成大称其“翰墨人品皆似晋宋之雅士”。绍熙元年（1190年），姜夔再客合肥，此年冬天，姜夔戴雪诣石湖，授范成大以咏梅之《暗香》、《疏影》新声两阕，范成大喜以歌妓小红为赠。绍熙四年（1193年）起，姜夔出入贵胄张鉴（中兴名将张浚之后）之门，依之十年。庆元二年（1196年）又迁移杭州。曾上书论雅乐，进《大乐议》一卷，《琴瑟考古图》一卷，因与太常意见不合而罢。庆元五年（1199年），复上《圣宋铙歌鼓吹》十四首，诏免解，与试礼部；没有登科而落第，遂以布衣终身。

江梅引

丙辰之冬，予留梁溪，将诣淮南不得，因梦思以述志。

人间离别易多时。

见梅枝，忽相思。

几度小窗幽梦手同携。

今夜梦中无觅处，漫徘徊。寒侵被，尚未知。

湿红恨墨浅封题。

宝筝空，无雁飞。

俊游巷陌，算空有、古木斜晖。

旧约扁舟，心事已成非。

歌罢淮南春草赋，又萋萋。

漂零客，泪满衣。

品词

宋宁宗庆元二年（1196年）姜夔住在无锡梁溪张鉴的庄园时。当时正值园中腊梅绽放，他睹梅怀人，借记梦而抒相思之情。梅花与其对情人的追忆合而为一。

词人睹梅思人，以致日有所思，夜有所梦。“人间离别易多时。见梅枝，忽相思。”词人感叹人世间的分离太容

易，一别就是很长时间，如今枝上腊梅又绽放，忽然触动了词人对恋人的相思之情。想起与恋人分别已有5年之久，当时依依惜别的场景仿佛就在眼前，这曾在词人的“拟将裙带系郎船”、“玉鞭重倚，却沈吟未上，又萦离思”、“几度小窗幽梦手同携”中提到。分别后不知多少次在小窗幽梦里与恋人携手出游，欢乐而又甜蜜。“今夜梦中无觅处，漫徘徊。寒侵被，尚未知”，今夜梦中却找不到佳人芳踪，只能在梦境中徒然徘徊，悲从中来，寒气侵骨，也毫无所觉。虚无缥缈的梦境，是词人别后对情人刻骨铭心的相思。

词人醒后仍是相思至深，和泪修书，预寄不能。“湿红恨墨浅封题。宝筝空，无雁飞”化用晏几道《思远人》“泪弹不尽临窗滴，就砚旋研墨。渐写到别来，此情深处，红笺为无色”词意。和泪写成的香笺，饱含相思离恨。现在古筝闲置，空中亦无大雁飞过，信笺是无法传递了。亦相思刻骨又无法传递的苦楚尽书纸上。即如秦少游所说的“衡阳犹有雁传书，郴阳和雁无”的意思。

“俊游巷陌，算空有、古木斜晖。旧约扁舟，心事已成非。”揣想旧游之地，昔日的巷陌，恐怕是已经是人事已非了。那斜阳枯树，萧瑟枯槁，使人见了徒增烦恼罢了。词人与情人昔日分别时曾指花相约，在送恋人去合肥的诗中，也曾表示后会有期：“未老刘郎定重到，烦君说与故人知。”但如今看来这旧约已难以实现，想到盟约虽犹在耳边而佳人已不知去向，内心凄苦难言。

“春草赋”是指《楚辞》淮南小山赋春草之句“王孙游兮不归，春草生兮萋萋。”眼下已是春草萋萋，只是归期何时？离思惆怅绵绵，无人诉说。我这漂泊天涯的孤客，早已泪湿衣襟。词人对自己的身世感喟不已，同时加上相思的苦楚，只能将苦痛托之于泪水。

词人滞留外地，难以与情人团聚，内心有一种难以诉说的感受，既有睹物而发的相思之恨，也有羁旅天涯的漂泊之苦，情感低徊，感人至深。

忆王孙

补序：鄱阳彭氏小楼作

冷红叶叶下塘秋，长与行云共一舟。
零落江南不自由。
两绸缪，料得吟鸾夜夜愁。

品词

鄱阳是姜夔的故乡，在今天江西波阳县。彭氏为宋代鄱阳世族，宋神宗时彭汝砺官至宝文阁直学士，家声显赫。姜夔秋日登彭氏小楼，见到红叶行舟，听到鸣鸾，触景伤怀，十分悲伤，抒发了他心中的漂泊之伤和对远人的思念之情。

“冷红叶叶下塘秋。”词人登楼四望，见秋风中霜后绯红浓艳的枫叶，一叶叶飘落秋塘。这种红色，是飘零的枫叶，凄冷寂落。古代文人伤时悲秋，见秋风落叶，常怀念故土，忧伤身世。红叶是秋天的使者，是分别的血泪。词人多用“冷”字，如《扬州慢》“波心荡，冷月无声”，《踏莎行》“淮南皓月冷千山”，《暗香》“香冷入瑶席”等。

“长与行云共一舟。”行云漂泊无依，四处游走，正如身处他乡异县的游子。如曹植《王仲宣诔》中的“行云徘徊，游鱼失浪”。张协《杂诗》的“流波恋旧浦，行云思故山”。姜夔一生布衣，四处漂泊，常年天涯羁旅，居无定所，乘舟走到哪里，天上的行云也仿佛跟到了哪里，好像“行云”与自己“共一舟”。苦痛之中，犹自嘲笑。张炎说白石词“气体超妙”、“如野云孤飞，去留无迹”。

“零落江南不自由。”秋天飘摇，心绪寥落，身在江南，一生不由自主。姜夔一生穷困潦倒，为生计所迫，以清客身份或寄人篱下，或因人远游，四处漂泊无依，尝到无穷的辛酸。游子在外在孤独落寞之际，总会想起亲朋挚友。“两绸缪，料得吟鸾夜夜愁。”即由漂泊之伤自然而然地转到了远人怀想。与远在合肥的情人双方情意绵绵，相互思念。“绸缪”即为缠绵之意，《诗·唐风》中有“盈觞酒，与子结绸缪。”

“料得吟鸾夜夜愁。”古人常以鸾凤喻夫妇，在远方的情人应该也是饱受相思之苦，夜夜辗转，难以成寐。不禁让人想起李商隐的“晓镜但愁云鬓改，夜吟应觉月光寒”。由自己思念对方而想到对方也会无限地思念自己，由己推彼，两处都是感情深切、真挚动人。

姜夔没有对自己的漂泊生活进行具体抒写，而是着重抒发在羁旅行役中的一种孤独、伤感的内在情绪，他登上彭氏小楼的时候，看的是秋天之景，想的是离别之痛，其表达方式蕴藉含蓄，具有清空高远的格调。

点绛唇·丁未冬过吴松作

燕雁无心，太湖西畔随云去。

数峰清苦，商略黄昏雨。

第四桥边，拟共天随住。

今何许，凭栏怀古，残柳参差舞。

品词

南宋淳熙十四年丁未（1187年），词人由杨万里推荐，前往苏州访问范成大，途经吴松（今江苏吴江县）而作此词。吴松风光迤逦，更是词人一生最敬重的晚唐隐逸诗人——陆龟蒙生前隐居之地。词人站在太湖西畔，看到大雁在云中迁徙，雨丝绵绵而青山凄清，残柳摇摆不定，悲情油然而生。

“燕雁无心，太湖西畔随云去”是写时值冬天，正是北雁南飞的时节。北方来的大雁在空中自由自在、无忧无虑地飞翔，从太湖西畔随着飘忽不定的流云向远方飞去。燕雁随季节而飞，“无心”不识愁，然而他只身漂泊江湖，心性自在洒脱亦能“无心”。

“数峰清苦，商略黄昏雨”中的“清苦”形容寒山寥落、荒凉。“商略”为商量、酝酿。湖边的几座山峰寂寥清冷，正商量着要在黄昏时分下一场大雨。山峰本无情，词人心中对这个地方充满感情，在多情的眼中看来，山峰亦通人情。与辛稼轩之“我见青山多妩媚，料青山，见我应如是”（《虞美人》）有异曲同工掷出，而别有意味。卓人月《词统》评云：“商略二字，诞妙。”雁翔云动，群山寂寥，阴翳欲雨的画面，让词人低头沉吟，充满伤感孤寂的情绪。

“第四桥边，拟共天随住”是写词人身在陆龟蒙旧居，本来打算与陆龟蒙同住。“第四桥”即“吴江城外之甘泉桥”（郑文焯《绝妙好词校录》），“以泉品居第四”故名第四桥（乾隆《苏州府志》）。这是陆龟蒙的故乡。“天随”是陆龟蒙之自号。天随语出《庄子·在宥》“神动而天随”，意为精神之动静皆随顺天然。陆龟蒙本有济世之志，只是他身处晚唐末世，盛世不在，时代动乱，举进士不第，只好隐逸江湖。词人与之际遇相似，意气相投，所以常以其自比。词人将自身与已逝去的陆龟蒙连在了一起，心神统一。

“今何许，凭栏怀古，残柳参差舞”是写自己身在吴江，驰心古今，魂与陆龟蒙相交。此情此景、此身此意混沌不清，真不知今夕何夕，此地何地！词人凭栏远眺，感怀古今，只见衰败不齐的柳枝，在风中凌乱地飞舞。“残柳参差舞”一如南宋现状，风雨飘摇，虽已残破仍不免于灭亡，苍凉悲壮。自问自答中，古今映照，蕴含深意。

这首词将词人身世之感与家国之恨融为一体，抒发个人感慨的同时又将对自然、人生、历史、时代的思考蕴含其中，将本词意境提升至哲理高度，是南宋词中的无价瑰宝。

小重山令·赋潭州红梅

人绕湘皋月坠时。

斜横花树小，浸愁漪。

一春幽事有谁知？

东风冷，香远茜裙归。

鸥去昔游非。

遥怜花可可，梦依依。

九疑云杳断魂啼。

相思血，都沁绿筠枝。

品词

潭州盛产红梅，以“潭州红”著称于世。白石多有咏梅、柳之词，这与他的一段“合肥情事”有关，夏承焘考证为：“白石客合肥，尝屡屡来往，……两次离别皆在梅花时候，一为初春，其一疑在冬间。故集中咏梅之词亦如其咏柳，多与此情事有关。”姜夔回忆往事，借咏梅抒发了相思之情。

“人绕湘皋月坠时。斜横花树小，浸愁漪。”词人难以消解离别后的百般哀愁，便在湘江河边久久徘徊，以致月亮下落。梅花的身影浸在寒水里，涟漪时而荡起，情愁无限。花树娇弱纤细，楚楚可怜，让人顿起怜爱之心。梅花非自愁而愁，而是词人愁所以见梅愁，水亦愁，连涟漪也似乎有恨意。王国维说：“以我观物，故物皆着我之色彩。”词人看花不是花，仿佛对着的是瘦弱的情人，因相思而常颦蛾眉。词人也不是在看人，身在他乡异地，魂牵梦萦的是佳人对自己的一片真情，他的愁情也因此而来。

“一春幽事有谁知？东风冷，香远茜裙归。”春残花谢，惹起词人的无限伤心往事。天气肃杀，梅花飘零，身穿茜裙女子的归去，词人惆怅自怜，满腔愁苦无人倾诉。“香”犹花魂，渺渺远去；花瓣幻化出茜裙，恰如伊人留恋难舍，如在眼前。词人与情人是在梅开时节分离的，看到潭州的红梅，他马上联想到分离的情人。春寒料峭红梅绽放的时候，他与身着红裙的情人在江边分别，离别时两人难舍难分。情人伫立在原地，泪眼蒙胧。他渐行渐远间脚步迟滞，频频回首岸边，只见红裙模糊间幻化成为一点红梅，深刻在他心中，一生难忘。词人飘零不定，心魂乘风在梦中几次寻访合肥的情人，刻骨铭心，一生“情结”所在。

“鸥去昔游非。”词人在江皋徘徊，惊起鸥鸟；而鸥鸟振翅飞起又惊醒词人，使他从回忆中回到当前。往事消逝无迹一如鸥鸟之飞，了去无痕，对词人来说往事不堪回忆。“遥怜花可可，梦依依。”梅朵小如红点，惹人怜爱，如同相思泪，情到深处魂梦依依。“九疑云杳断魂啼。相思血，都沁绿筠枝。”词人思念情人，每次都疑心九疑山的云层上有人哭泣，这红梅点点在绿竹之上凄艳无比，落在词人眼中，分明是娥皇、女英的相思血泪染成的，也是自己恋人的相思血泪染成的。

词人咏红梅，但不拘泥于纯粹写梅，而是传神写意，人梅夹写，梅竹相映，借红梅表达对情人的深深眷恋，含蕴空灵间，收放自如，达到了一种花人合一朦胧迷离的艺术境界。

杏花天影

丙午之冬，发沔口。丁未正月二日，道金陵。北望淮楚风日清淑，小舟挂席，容与波上。

绿丝低拂鸳鸯浦。

想桃叶、当时唤渡。

又将愁眼与春风，待去，倚兰桡更少驻。

金陵路、莺吟燕舞。

算潮水、知人最苦。

满汀芳草不成归，日暮，更移舟，向甚处？

品词

孝宗淳熙十四年（1187年），当时姜夔乘船东下赴湖州，抵金陵，泊舟江上。当夜有所梦，感而作《踏莎行》

（燕燕轻盈）词，次日又写了这首《杏花天影》。这首词是姜夔为思念情人而作。

“绿丝低拂鸳鸯浦。想桃叶、当时唤渡。”早春渡江之时，因为碧绿的柳枝而忆起昔日情人，但此柳枝并非眼前之柳，而是心中所想之柳。正月初头江边绝不可能柳垂绿丝。只是因眼前的柳眼而想到绿丝，再念及巷陌多种柳树的合肥，引起怀人之思。在鸳鸯双栖双戏的渡口边，轻轻摇曳的只有柳眼的枝条，让人不禁想到春来到处绿丝拂动的合肥。那一年分别的时候，桃叶曾经呼唤船家摆渡。言犹在耳，而岁月流逝，词人与桃叶分隔两地，各自悲伤。“桃叶”是东晋王献之的妾。王献之曾作歌送桃叶渡江云：“桃叶复桃叶，渡江不用楫。但渡无所苦，我自来迎接。”以桃叶借指合肥情人，同时心中存着长久离别后的歉疚之意和相思之苦。

“又将愁眼与春风，待去，倚兰桡更少驻。”想起那些往事，柳眼欲绽还闭，犹如美人含情凝睇，词人心中忧愁，恍似柳眼有为己含愁之意。这“愁眼”在春风中摇荡起落，好像词人心中欲去还留的情意。词人将要离开时，又稍作停留，依靠兰桨，北望淮楚，略慰相思。景物相似而人不在，相思无法化解，只能望着情人所在的方向空想象。

“金陵路、莺吟燕舞。”金陵繁华，到处是莺歌燕舞。金陵城热闹喧嚣，而词人不得归，心中孤独凄苦。“算潮水、知人最苦”，词人“小舟挂席，容与波上”，无人可以倾诉心事，与潮水相距最近，只有潮水可以倾听。而此刻潮水涨涨落落，阅尽千百年事业沧桑，无所不知，正是词人最好的知音。“满汀芳草不成归，日暮；更移舟，向甚处？”“芳草不成归”，化自《楚辞》。凄凄芳草已长满汀州，而自己仍然不得归去。青青河畔草，绵绵思远道。词人的情人在这样的日子很可能正坐在阁楼之上，对着向远处蔓延的青草发愁，这青草的足迹已经到了这里，而游子空有离散之愁，却无归去之时。现在天色已晚，暮色降临，词人心中惘然，不知道今宵要移舟何处。此句化用崔颢“日暮乡关何处是，烟波江上使人愁。”词人幽怨中暗含无奈，无尽苦楚蕴含其中。

词人怀念昔日情人，由眼前之柳联想到昔日之柳，满腹愁绪欲走还留。漂泊在外，繁华无关已身；芳草汀上，夕阳偏知心事。烟波苍茫处，不知向何处。情在心中，相思意浓；相思之外，更有羁旅天涯之恨。句句含思凄婉，笔触空灵脱俗、回环多变，感人至深。

鹧鸪天·元夕有所梦

肥水东流无尽期，当初不合种相思。

梦中未比丹青见，暗里忽惊山鸟啼。

春未绿，鬓先丝。

人间别久不成悲。

谁教岁岁红莲夜，两处沉吟各自知。

品词

宁宗庆元三年（1197年）元宵，姜夔对身在合肥的情人十分想念，情到深处便化为此词。姜夔初遇合肥的情人时，约为二十余岁，而作此词时，姜夔已有四十二岁，与两人初遇相隔近二十年。但时间的流逝和空间的转换，加上世事的变幻，都没有改变姜夔对情人的深深思念。

“肥水东流无尽期，当初不合种相思。”肥水分东、西两支，其中一支东流经合肥入巢湖。这是当初词人与情人相恋的地方。肥水悠悠东流，时间随之而去，但相思绵绵无绝期。词人与情人相恋又分离，长久地承受相思之苦。这种痛苦使人难以承受，这使得词人产生怨恨后悔之意，说当初就不应该发生这段感情，而动情后就不应该分别，否则也不会有现在的刻骨相思。

“梦中未比丹青见，暗里忽闻山鸟啼。”在梦里，虽然情人的面容模糊，没有画像之上那般清晰，但也给了词人很大的慰藉。只是美梦短暂，词人很快被山鸟的啼鸣声惊醒了。梦醒之后，只是词人一个人，想起梦中的遗憾，分外惆怅。词人在这二十多年里，时常观赏情人的画像，但总不够真切，等到梦见伊人，却又觉得梦中形象不如画像的鲜明。情思辗转，更显朦胧。只是这样朦胧的梦也被打断，怎叫词人不伤感愁郁?

“春未绿、鬓先丝。”春寒料峭时节，绿意尚未铺遍，词人的鬓发已是斑白。光景流转，年华易逝，人事之沧桑未曾掩盖词人相思的刻骨铭心。“人间别久不成悲。”分别的时间太久了，原本炽烈的感情现在应该平淡多了。此时的相思不再表现为热烈的爆发和强烈的悲痛，而是平静冷漠的外表下前行的河流，已然深入骨髓，融进了血肉。“多情却似总无情”，这“不成悲”的表象更深刻地反映了词人内心的深切悲痛。

“谁教岁岁红莲夜，两处沉吟各自知。”元宵之夜正是团圆节，京城之中处处红莲灯，照亮黑夜，而词人面对此时此景，悲从中来，暗想自己的情人也是如此。两地相思，一种悲愁。词人心痛难忍，不禁发问：是谁想到年年元宵夜点亮花灯照亮黑夜的？身在两地的男女双方各自触景生情，沉默难言，只在心里深深地思念对方。花灯本无辜，词人无心责问，只是怨情深处不得不出此语。在这样美好的夜晚，回忆往事，柔肠百转难穷，难置一词，令人动容。“红莲夜”，即元宵夜，红莲指灯节的花灯。欧阳修《蓦山溪·元夕》：“剪红莲满城开遍”，周邦彦《解语花·元宵》也有类似的句子，“露浥红莲，灯市花相射。”

词人因梦写思，可知思念常在心间萦绕，未曾忘怀。不言悲而悲不自胜，不言怨而怨恨颇深。清健之笔写出刻骨铭心的爱情，感情深远而真挚。